LES
DIMANCHES

DE

MA TANTE ÉMÉLIE

LIVRE DE LECTURE COURANTE

POUR LES ÉLÈVES DES DEUX SEXES

PREMIER PRIX AU CONCOURS DE LA SOCIÉTÉ ROYALE PROTECTRICE
DES ANIMAUX, A BRUXELLES

PAR

AUGUSTE HUMBERT

Officier d'Académie

2me ÉDITION, REVUE PAR L'AUTEUR ET ORNÉE DE GRAVURES

PARIS

ÉLIE GAUGUET, LIBRAIRE-ÉDITEUR

36, RUE DE SEINE, 36

1878

LES
DIMANCHES
DE
MA TANTE ÉMÉLIE

Tout exemplaire non revêtu de ma griffe sera réputé
contrefait.

Elie Gaugues

Traduction et reproduction réservées.

LES
DIMANCHES

DE

MA TANTE ÉMÉLIE

LIVRE DE LECTURE COURANTE

POUR LES ÉLÈVES DES DEUX SEXES

PREMIER PRIX AU CONCOURS DE LA SOCIÉTÉ ROYALE PROTECTRICE
DES ANIMAUX, A BRUXELLES

PAR

AUGUSTE HUMBERT

Officier d'Académie

2me ÉDITION, REVUE PAR L'AUTEUR ET ORNÉE DE GRAVURES

PARIS

ÉLIE GAUGUET, LIBRAIRE-ÉDITEUR

36, RUE DE SEINE, 36

1878

UNE HAUTE APPRÉCIATION

DES

DIMANCHES DE MA TANTE ÉMÉLIE

A M. AUGUSTE HUMBERT

Monsieur,

Puisque vous ne vous lassez point de bien faire, je ne me lasserai point de vous féliciter. Vos *Dimanches* feront les délices de vos jeunes lecteurs, et leur laisseront dans l'âme des impressions salutaires.

On se persuade trop souvent, de nos jours, que l'éducation ne doit commencer qu'à l'époque où l'intelligence est formée ; elle doit, tout au contraire, déposer les bons sentiments dans les cœurs dès l'âge le plus tendre.

Vous avez l'art de captiver l'attention des plus petits et vous mettez votre beau talent au service d'une intéressante cause : vous voulez que l'enfance s'accoutume à être bonne, même pour les animaux ; c'est un excellent moyen de la rendre bonne et charitable à l'égard de l'homme.

Puissiez-vous, en persévérant dans cette voie, en

vous inspirant toujours de la foi et de la charité do
l'ange que vous pleurez, comme elle faire des heureux,
puis, comme elle, ne quitter cette vie laborieuse que
pour trouver là-haut une existence meilleure.

Puisque nous sommes dans le mois des souhaits,
vous voudrez bien que je forme celui-là pour vous.

Agréez, Monsieur, l'assurance de mes sentiments les
plus distingués.

Signé : FERDINAND Card. DONNET

Archev. de Bordeaux.

Paris, 24 janvier.

EXTRAIT DU RAPPORT DU JURY D'EXAMEN

SUR LE CONCOURS OUVERT PAR LA SOCIÉTÉ ROYALE PROTECTRICE DES ANIMAUX, A BRUXELLES

. . . .

Le manuscrit n° 7, auquel nous avons octroyé le premier prix, se nomme les *Dimanches de ma tante Émélie*. Ce titre renferme toute la fable de l'ouvrage.

La tante Émélie est une excellente personne qui habite Ixelles, où elle est la providence des malheureux. Chaque dimanche elle recevait chez elle quelques enfants du voisinage et avait avec eux des entretiens sur des sujets instructifs et moraux. Elle a écrit des notes sur ces entretiens et les donne à l'auteur qui les a développées pour en faire un livre.

Le canevas est fort simple.

L'auteur part de ce principe que, « si l'on veut arri- » ver à posséder ce sentiment de tendresse universelle » qui doit nous gagner l'estime et l'affection de tous, » il faut être bon pour les animaux. » Et, pour prouver qu'il faut aimer les animaux, il établit que l'homme, en tant que roi de la création, doit protection à ses sujets, les animaux; qu'être cruel envers eux, c'est être lâche. D'ailleurs, le cœur de l'homme et celui des bêtes sont également bien doués : les animaux sont intelligents et affectueux. Enfin, nous devons les protéger parce qu'ils sont utiles.

Ce mémoire est fort étendu, il embrasse la question dans tous ses détails; il est écrit par un homme habitué à écrire pour la jeunesse; il a le ton qu'il faut, ni pédant, ni fade; le style en est toujours clair.

Ce livre charme et captive le lecteur d'un bout à l'autre, et il renferme des pages très-remarquables. Le chapitre intitulé : *L'homme cruel est lâche*, est une étude psychologique, pleine de finesse et exprimée dans un très-beau langage; les entretiens dans lesquels la tante Émélie redresse quelques proverbes sur les animaux, tels que : *bête comme une oie, sale comme un porc*, etc., ces entretiens sont pleins d'esprit et de bonnes leçons.

Ce qui charme le plus dans ce livre, c'est l'esprit d'*humanité* qui y règne d'un bout à l'autre : l'auteur n'oublie jamais que la douceur envers les animaux ne peut être que le résultat de toute la conduite morale. Aussi toutes ses leçons tendent à nous rendre humains par la culture de notre intelligence et par l'amélioration de nous-mêmes; et, grâce à l'art remarquable qu'il a de mettre à la portée de ses lecteurs des questions très-élevées, très-graves, et d'intéresser toujours, on peut dire que l'auteur atteint son but, qui est d'arriver au cœur par la raison.

Le Rapporteur, CH. RUELENS.

LES
DIMANCHES

DE

MA TANTE ÉMÉLIE

MA TANTE ÉMÉLIE

> Toute créature, chétive ou souffrante,
> est doublement sacrée pour les bons
> cœurs !

I

Mes bons petits lecteurs, mes sages petites lectrices...

Car je me plais à supposer, mes chers enfants, que
tous, jeunes garçons et jeunes filles, vous êtes bons et
vous êtes sages. S'il en était autrement, j'en éprouve-
rais une si grande peine qu'il me serait, peut-être,
impossible de rassembler mes idées pour écrire ces
pages que je vous destine.

S'il arrive donc à quelques-uns d'entre vous de
n'avoir pas toujours en partage la sagesse et la bonté,

1.

ces deux trésors du cœur, qui rendent bien riches, aux yeux de Dieu, ceux qui les possèdent, qu'on ne me le dise pas ; et que ceux-là prennent, en me lisant, la résolution de se corriger de leurs défauts; qu'ils acquièrent, le plus tôt possible, les deux grandes vertus dont je viens de parler.

C'est convenu, n'est-ce pas? Je reçois votre promesse, et je puis compter que vous ferez tous vos efforts pour la remplir fidèlement. Cette assurance me donne du courage pour me mettre au travail; je vais essayer, par mes récits, de vous rendre plus facile encore la tâche que vous venez de vous imposer.

On m'a dit d'écrire à votre intention un livre qui servirait à vos lectures. Aucune proposition ne pouvait m'être plus agréable. C'est qu'il y a, déjà, bon nombre d'années que je m'occupe des enfants, et que, par mes écrits, je m'efforce de les amuser, de les intéresser, de les instruire tout à la fois; que je cherche, enfin, à développer un peu les dons de leur esprit, et beaucoup les qualités de leur cœur.

J'ai souvent été assez heureux pour réussir ; c'était vraiment une douce récompense de mes travaux, lorsqu'il m'arrivait de rencontrer un homme, une dame, qui, me tendant la main, me disaient :

« Vous nous avez faits plus savants, vous nous avez rendus meilleurs; merci! »

Si je vous dis toutes ces choses, mes enfants, ce n'est pas dans un but de ridicule et de sotte vanité.

C'est là un vilain défaut, cousin germain de l'orgueil, ce vice capital, père de tous les autres; Dieu me préserve du malheur de céder jamais à ses pernicieuses inspirations! J'ai voulu seulement vous prouver que vous aviez en moi un vieil ami, bien indulgent, bien dévoué.

Les enfants aiment assez volontiers ceux qui ont pour eux de l'affection; ils les écoutent avec plus de plaisir, ils suivent plus aisément leurs conseils. Il y a donc tout profit, pour vous et pour moi, à ce que vous soyez convaincus que celui qui écrit ces lignes porte à ses petits lecteurs, à ses petites lectrices, l'amitié la plus vive et la mieux sentie.

Cela dit, je commence mon récit.

Après vous avoir fait connaître l'auteur de ce livre, il convient que je vous parle de la personne sous l'invocation de qui je vous l'adresse.

Ma tante Émélie!

Oh! comme vous allez l'aimer aussi, cette bonne tante; comme vos bras vont se tendre vers elle; comme vos yeux vont lui adresser de doux regards!

Voyons, mettons-nous en route et allons chez elle. N'ayez point peur; présentés par moi, vous êtes certains d'être bien accueillis; et puis, elle aussi, aime les enfants! vous ne tarderez pas à en avoir la preuve.

Si nous avions avec nous quelque petit Bruxellois, il nous conduirait, car nous nous rendons dans l'un

des plus charmants faubourgs de la capitale de la
Belgique.

Nous allons à Ixelles[1].

Ixelles est situé dans un vallon agréable auquel on
arrive en descendant la côte qui termine le faubourg
de Namur. Ixelles, qu'on appelle aussi *Elsene*, est une
délicieuse promenade rendue encore plus attrayante
par le voisinage du bois de la Cambre. C'est dans l'ancienne abbaye de la Cambre qu'est établi le dépôt de
mendicité, c'est-à-dire l'endroit où l'on renferme ceux
qui, trop habitués à la paresse, trouvent plus com-
mode de demander leur pain à la charité publique, que
de le gagner en travaillant.

Les malheureux ignorent quel bonheur on ressent
à recevoir le prix de son travail ; et combien est bon,
sous la dent, le pain qu'on a honnêtement acquis à la
sueur de son front.

Peut-être aussi, sont-ils plus à plaindre qu'à blâ-
mer.

Beaucoup sont venus au monde dans un temps où
l'instruction, l'éducation, n'étaient pas répandues

1. Ce livre, écrit en vue du concours ouvert par la Société royale
protectrice de Bruxelles, a dû, nécessairement, s'occuper d'une façon
toute particulière de la Belgique. Est-ce une raison pour qu'il n'intéresse pas nos jeunes lecteurs français? Nous pensons le contraire. Assez
de charmants ouvrages leur parlent de notre belle et chère France; il
n'est point mal que, de temps à autre, on leur fasse faire une petite
excursion vers des contrées voisines ou éloignées. Or, la Belgique est
bien, parmi tous les pays étrangers, celui qui a avec le nôtre le plus
d'affinités et qui mérite le mieux nos sympathies. — A. H.

comme elles le sont aujourd'hui. On ne leur a pas appris quelle honte s'attache à celui qui, étant fort et valide, reste paresseux et se fait mendiant. On ne leur a pas appris combien est glorieuse, devant Dieu et devant les hommes, l'existence du travailleur.

Mais vous, qui le savez maintenant, s'il vous arrive de passer devant un dépôt de mendicité, tel que celui de la Cambre, priez pour ceux qui sont là, pauvres gens qui ont eu des yeux et n'ont point vu, qui ont eu des bras et n'ont pas su s'en servir. Priez pour eux, et dites-vous que les portes de cet asile ne se refermeront jamais sur vous, parce que vous saurez être, toute votre vie, honnêtes, et courageux au travail.

II

Tout en causant, nous avons tourné à droite ; nous longeons l'étang, et nous arrivons devant une petite maison aux volets verts, de modeste apparence.

C'est la maison de ma tante Émélie.

Entrons. Oh ! il n'est pas besoin de frapper ; la porte est ouverte sans cesse, de nuit aussi bien que de jour, à tous ceux qui viennent solliciter un secours ou un bon conseil.

Voyez-vous cette dame qui s'avance à notre rencontre, le sourire aux lèvres ? c'est ma tante Émélie.

Quel est son âge ? Jamais on n'a songé à se le demander.

Quand le regard est toujours affectueux, la bouche toujours souriante, le visage toujours épanoui, la voix toujours douce, la vie s'écoule, les années se succèdent, le temps passe, la vieillesse même peut arriver sans qu'on s'en aperçoive. Comment tenir compte des rides qui sillonnent un front, alors qu'on sait que chacune d'elles sert de nid à une bonne et généreuse pensée ?

Telle est ma tante Émélie. Que les ans s'amassent sur sa tête[1], et son cœur sera toujours jeune, comme aux plus beaux jours de sa jeunesse ; on aurait, alors, mauvaise grâce à lui en demander davantage.

On la voit, et l'on se sent ému en la voyant ; elle vous parle, et ses paroles vous remuent l'âme comme une délicieuse musique. C'en est assez pour l'aimer. Aussi, en ai-je la conviction, vous êtes maintenant au mieux ensemble, et c'est avec un vrai bonheur que vous prêterez à ses récits une oreille attentive.

Pourquoi ceux qui la connaissent l'appellent-ils : ma tante Émélie? Évidemment, ils ne sont pas tous ses neveux ni ses nièces.

On raconte qu'un jour, il y a de cela quelques années, une pauvre vieille femme infirme, malade, avait été recueillie dans la maison aux volets verts d'Ixelles. Bien soignée, bien dorlotée, elle n'en était sortie qu'après sa complète guérison, avec des secours assurés pour l'avenir.

Lorsqu'elle quitta sa bienfaitrice dont elle embrassait les mains, en les mouillant des larmes de sa reconnaissance, la pauvre femme lui dit ces simples mots :

« Votre cœur est un paradis ; vous, si sainte et si bonne, vous êtes digne qu'on vous nomme la sœur du bon Dieu qui est notre Père. »

Ceux qui entendirent ces paroles y applaudirent et ajoutèrent :

« C'est notre tante en Dieu, notre chère tante Émélie ! »

Voilà comment lui fut donné ce nom qui lui a été conservé depuis.

Et maintenant, que je vous présente.

— Tante Émélie, je vous amène ces petits garçons et ces petites filles, afin que vous leur donniez quelques-uns de ces bons avis que vous tenez en réserve pour les grandes occasions. On m'a demandé pour eux un livre de lecture ; faites-leur quelques causeries, et ils y gagneront assurément.

Que va nous répondre tante Émélie? Écoutons.

— Si l'on vous a demandé un livre de lecture, mon
ami, il faut le faire, parce que personne n'a le droit de
se soustraire au travail. C'est une bonne chose, sans
doute, qu'une causerie; mais un livre est bien autrement profitable. Il y a, en latin, m'a dit M. le curé,
un proverbe qui exprime admirablement cela :

Les paroles passent ; les écrits restent.

Un livre est un ami toujours disposé à vous répondre quand vous le consultez. Avez-vous oublié l'un de
ses bons avis, bien vite il s'empresse de vous le donner
une seconde, une troisième fois ; et, en vous le répétant
ainsi, il le grave davantage dans votre mémoire.

Faites donc votre livre, mon cher auteur. Mais,
comme je ne veux point vous refuser, comme je tiens,
au contraire, à faire plaisir à vos chers petits protégés, prenez ces notes qui, l'année dernière, m'ont
servi, chaque dimanche, dans mes entretiens avec
d'autres enfants. Vous verrez s'il vous est possible
d'en tirer parti.

Il faudra nécessairement que vous y mettiez un peu
de votre instruction ; pour moi, je n'ai guère songé
qu'à la morale, parce qu'il m'a semblé que l'esprit ne
doit venir qu'après le cœur. Lorsque celui-ci est bien
doué, largement pourvu de vertus et de qualités, l'autre ne peut manquer de se développer aux rayons de
ce chaud soleil; et, quand arrive l'heure de la moisson,
quand l'enfant est devenu homme, quand la jeune

fille est devenue femme, on est assuré que la récolte
est double et que l'on remplit ses greniers sur la terre,
au moyen de son intelligence, comme on remplit ses
greniers dans le ciel, au moyen de ses bonnes œuvres.

De la sorte, nous aurons coopéré l'un et l'autre au
travail qui vous est imposé ; et, si nos enfants trouvent
quelque plaisir à notre ouvrage, ils nous le prouveront
en étant bons :

Pour leurs parents ;

Pour leurs maîtres et leurs supérieurs ;

Pour leurs petits camarades, ou pour leurs compagnes ;

Pour les malheureux ;

Pour tout le monde, enfin.

Si l'on veut arriver à posséder ce sentiment de tendresse universelle qui doit nous gagner l'estime et
l'affection de tous, que faut-il ?

Être bon pour les animaux.

Ne vous étonnez pas, mes enfants ; lisez le livre
que l'on va écrire pour vous, et vous verrez que cette
vérité fait l'objet des entretiens de mes premiers dimanches.

Ce livre, c'est celui qu'on va lire. Je l'ai écrit en
développant les notes remises par tante Émélie que
j'ai eu grand soin de laisser parler.

Écoutez-la donc, mes chers petits amis ; et que Dieu
sème sa parole sur des cœurs fertiles.

AIMEZ LES ANIMAUX

Il y avait cinq jours que l'année était recommencée; les enfants d'Ixelles n'avaient pas manqué de venir souhaiter à leur tante Émélie : bonne santé, joie parfaite et longue vie.

L'excellente dame, de son côté, avait distribué à ses petits amis les bonbons et les jouets achetés, la veille, à leur intention. Enfin, désirant tenir une promesse faite depuis quelque temps, elle leur avait donné rendez-vous, chez elle, pour le dimanche suivant.

C'était précisément la fête de l'Épiphanie, nommée aussi *le jour des Rois*, en souvenir des rois mages qui vinrent adorer le Seigneur dans son berceau. Ce jour-là, c'est réjouissance au sein de toutes les familles ; aussi, tante Émélie avait-elle fait ample provision de gâteaux et de sirops, et tenait-elle tout prêts les bulle-

tins qui, tirés au sort, devaient décider quels seraient
les grands personnages de cette cour éphémère [1].

Je vous laisse à penser avec quels rires, quels
transports fut accueillie cette loterie d'un nouveau
genre! Selon l'usage, une part du gâteau fut mise de
côté pour le premier malheureux qui se présenterait.
Enfin, le roi étant désigné, tante Émélie rassembla
tous les enfants autour d'elle et s'exprima en ces
termes :

Mes chers enfants, je me suis engagée à vous recevoir chaque dimanche, une heure au moins après
les offices, et à causer ensemble comme de bons amis
que nous sommes. Je commencerai donc aujourd'hui ;
et je crois ne pouvoir mieux faire que d'apprendre à
votre jeune souverain, au roi de l'Épiphanie, comment
il doit s'y prendre pour assurer le bonheur de ses sujets. Ce que je lui dirai vous intéresse tous, également,
attendu que, l'année prochaine, ce sera, sans doute,
au tour d'un autre de porter la couronne. Donc, faites
tous bien attention, puisque c'est pour tous que je
parle.

Te voici roi pour un jour, mon cher Alfred ; c'est-
à-dire que, par ta haute position, tu es tenu de veiller
à ce que ceux qui t'entourent soient les plus heu-

1. Telle est la manière de *tirer les rois* en Belgique. La fève du gâteau désigne, comme en France, le roi de la fête, qui choisit sa reine;
puis les autres personnes prennent au hasard de petits bulletins impri-
més sur lesquels sont spécifiées, en vers, les fonctions du fou, de
l'échanson, du panetier, etc.

reuses gens du monde. Pour un souverain, en effet,
l'impérissable gloire est, tout entière, dans la joie et
le bonheur qu'il sait répandre par tout son royaume.

En ce moment, tante Émélie fut interrompue par
les cris des enfants :

— Le pauvre ! voici le pauvre ! il faut lui donner
sa part du gâteau.

Un vieillard infirme se tenait, en effet, devant une
des fenêtres de la maison. Il contemplait d'un air sou-
riant cette pétulante compagnie, et ôtait son chapeau,
autant par politesse que pour saluer en ces enfants le
souvenir lointain de ses premières années.

Tante Émélie se leva, ouvrit la porte, fit un signe
au bonhomme qui s'approcha ; et, lui mettant dans la
main quelques pièces de monnaie :

— C'est mon pensionnaire, dit-elle; il est à moi, et
tant que je vivrai, le père Gérôme n'aura besoin des
secours de personne, Dieu merci ! C'est donc à un
autre qu'appartient la portion destinée à un malheureux.

Mais tenez, nous n'attendrons pas longtemps. Voyez-
vous ce chien qui nous regarde avec crainte, tant il
est accoutumé à ce qu'on le maltraite? Pauvre bête !
Il a faim, il a soif, il est harassé de fatigue ; son corps
porte les traces des coups qu'il a reçus. Ah ! le voilà
bien, le malheureux dont nous devons fêter la venue.
Allons, mes enfants, vite, qu'on le fasse entrer, qu'on
le réchauffe, qu'on lui donne à manger et à boire ;

surtout qu'on ne lui épargne pas les caresses, car son cœur a souffert tout autant que son corps, et il a aussi grand besoin d'affection que de nourriture. Après tout cela, pour son dessert, nous lui donnerons sa part du gâteau des rois.

Les enfants s'empressèrent d'obéir ; mais avec quel étonnement ! Ils riaient entre eux et se communiquaient tout bas, à l'oreille, les réflexions que leur inspirait une pareille manière d'agir.

— Tante Émélie n'y pense pas, disaient-ils ; prendre un chien pour un malheureux ! mais, après tout, ce n'est qu'une bête !

Tante Émélie laissa jaser les enfants, sans avoir l'air de les entendre. Quand le chien eut été bien choyé, bien repu, elle congédia tout ce petit monde, promettant que, le dimanche suivant, elle expliquerait pourquoi, en ce jour de fête, elle avait accueilli, dans sa maison, ce pauvre animal comme un hôte digne de toute sa compassion.

II

— Vous vous le rappelez, mes enfants, je vous ai dit que la gloire d'un souverain consiste principalement à rendre heureux tous ses sujets.

— Mais, tante Émélie, vous **nous aviez promis** de nous parler du chien.

— Patience, cela viendra.

Vous m'objecterez peut-être, que mes instructions sur les devoirs de la royauté ne peuvent pas vous servir à grand'chose. Vous pensez que, n'étant pas, ne devant jamais être rois, vous n'aurez point à mettre en pratique mes enseignements.

C'est ce qui vous trompe.

Vous avez été faits rois, en naissant; Dieu a mis sur votre front une couronne qui vous impose les obligations dont j'ai parlé, car il a dit :

« L'homme sera le roi de la création, il régnera sur tous les animaux. »

Vous voilà donc en possession d'un grand et splendide royaume; la nature est votre palais, avec ses dômes de feuillage, ses tapis de verdure ; avec le soleil, les étoiles et tous les astres, pour lustres et girandoles ; avec tous les animaux pour sujets.

Mais Dieu qui vous donné ce grand pouvoir, ce n'est pas pour que vous en abusiez; c'est, au contraire, afin que vous fassiez chérir votre empire par ceux sur lesquels vous l'exercez. Si l'homme est le roi des animaux, a dit un écrivain, il ne doit pas être leur tyran. Moi, je dis plus; il doit être bon et compatissant pour eux ; il doit leur porter une véritable amitié.

Je vous expliquerai pourquoi.

Hélas! bien peu sont pénétrés de cette vérité qu'un animal, quel qu'il soit, a droit, non-seulement à nos soins, mais encore à notre affection. Il semble qu'on ait tout dit, quand on a prononcé ces mots :

« Bah! ce n'est qu'une bête! »

Après cela, on croit pouvoir ne lui épargner aucun mauvais traitement, aucune torture, aucun genre de supplice; et nous assistons dans les campagnes, sur les routes, même dans les rues de nos villes, à des actes d'une barbarie sauvage, qui indignent et révoltent les honnêtes gens.

Le chien, qui ne demande qu'à aimer son maître, est souvent sa victime résignée; le sort qu'on lui fait est tellement pénible que, dans le langage familier, on dit : *Traiter un homme comme un chien*, pour indiquer qu'on le soumet à toutes les vexations, à toutes les souffrances.

Le cheval, ce noble compagnon de nos travaux, est surchargé, accablé de coups, si, par de suprêmes efforts, il ne parvient pas à satisfaire les exigences inouïes d'un maître brutal.

L'âne est en butte aux plaisanteries injurieuses, aux violences les plus condamnables, sous le prétexte qu'il n'est qu'un *âne!* S'il fallait traiter de la même manière tous les hommes qui, par leur ignorance et leur sottise, mériteraient ce nom bien mieux que celui qui le porte, combien de réclamations entendrait-on de tous côtés! N'est-il pas vrai, mes enfants?

Et les oiseaux ! Sont-ils assez malmenés, tourmentés, persécutés ! eux dont les brillantes couleurs réjouissent la vue, dont le gentil ramage charme l'oreille ; sans compter les services importants qu'ils nous rendent, et dont je vous parlerai plus tard. A peine venus au monde, on les arrache du nid maternel, afin de les martyriser. Ceux qui échappent à ces massacres renouvelés tous les ans, on leur tend des piéges de toutes sortes ; on brise leurs pauvres petits membres si frêles et si délicats ; il en est même que l'on cloue encore à moitié vivants à la porte des granges.

Je n'en finirais pas, s'il me fallait passer en revue toutes les cruautés dont l'homme se rend coupable envers les animaux. Ceux-ci sont véritablement fort à plaindre ; et vous voyez que j'avais bien quelque raison de donner à l'un d'eux la part de gâteau que nous avions mise de côté pour une créature malheureuse.

Et pourtant, il y a une loi divine qui dit à l'homme : *Aime les animaux !* Cette loi est écrite dans toute la nature ; ceux qui prétendent s'y soustraire sont des méchants ou des ignorants.

Méchant ! Aucun de vous ne le sera jamais, je l'espère.

Ignorant ! Plus d'un l'est, sans doute, surtout à propos des choses dont nous parlons. Mais, grâce à nos petits entretiens, vous allez bientôt en savoir là-dessus tout autant que moi,

Il me semble que j'aperçois sur quelques visages une petite moue de désappointement. Supposiez-vous donc, mes chers amis, que si je vous réunissais, chaque semaine, autour de moi, c'était tout simplement pour vous raconter des historiettes, des contes de fées; ou pour vous faire jouer à la main chaude, au doigt mouillé, aux charades en action?

J'ai vraiment un bien autre souci de votre avenir et de votre bonheur.

J'ai résolu que je ferais de vous des enfants instruits et vertueux; vertueux, précisément parce qu'ils seront instruits. Il ne faut pas se le dissimuler, si l'orgueil est le père de tous les vices, l'ignorance peut, avec raison, passer pour être leur mère. Donc, instruire les hommes, c'est travailler à les rendre meilleurs.

Mais, soyez sans inquiétude, je m'arrangerai de manière à ce que vous preniez quelque plaisir à mes modestes instructions, qui ne seront pas, je l'espère, sans exciter en vous un intérêt puissant, une curiosité de bon augure.

Je viens de vous le dire : il suffit que l'homme soit le roi de la création pour qu'il se montre bon, compatissant, généreux, à l'égard des animaux. Ce n'est pas là le seul motif; et nous verrons que de nombreuses considérations lui imposent également ce devoir.

Je vais aujourd'hui, mes chers enfants, vous entretenir d'un horrible défaut; je devrais dire d'un vice odieux, d'une des plus épouvantables maladies de l'âme humaine. Comme l'ivraie, mauvaise herbe que vous connaissez, étouffe le bon grain dans les sillons, ce vice étouffe aussi, dans notre cœur, les bons sentiments que Dieu a pu y placer.

Je veux parler de la lâcheté.

Il y a deux sortes de lâchetés :

L'une, qui s'appelle aussi poltronnerie, est un manque de courage, d'énergie, de vigueur.

L'autre, qui n'est que le développement de la première, se reconnaît aux actions viles, basses, indignes, déshonorantes, qu'elle fait commettre.

Vous êtes déjà assez avancés en âge pour savoir qu'on ne peut dire à un homme aucune injure plus grande que de l'appeler *lâche !* Il faut que ce nom soit bien ignominieux, par lui-même et par les idées qu'il éveille, puisque celui à qui on le donne n'oublie jamais un tel outrage et qu'il n'a de repos que lorsqu'il en a tiré vengeance.

Un auteur du siècle dernier a dit avec raison :

« Le chemin du vice est la lâcheté ! »

Mais, dites-moi, comprenez-vous bien toute la portée de ce mot ; savez-vous, au juste, ce que c'est qu'un lâche ?

— Oui, tante Émélie, répondit un des enfants. Un lâche, c'est le fils au père Maclou, le couvreur. Il tire les oreilles, donne des coups de poing et des coups de pied, fait mille méchancetés à ceux qui sont plus petits et plus faibles que lui ; mais, quand il a affaire à un plus grand et un plus fort, il tremble, il a peur, il se sauve à toutes jambes.

— Un lâche, ajouta un autre, c'est l'enfant de la mère Claudine. Il se cache derrière un pan de mur ou derrière une haie bien épaisse ; et, lorsqu'il est sûr qu'on ne saurait le voir, il jette des pierres aux passants, ne s'inquiétant pas s'il va les blesser ou, peut-être, les tuer. Il continue ainsi jusqu'à ce qu'on le découvre dans sa cachette ; alors, il prend la fuite ; mais si on le rattrape, il pleure, il se démène, il crie, même avant qu'on l'ait corrigé.

— C'est bien cela, mes enfants, reprit tante Émélie ; à vous deux vous avez parfaitement rendu la physionomie du lâche, que l'on peut dépeindre par ces seuls mots :

Le lâche fait subir à plus faible que soi ce qu'il a tant de peur que de plus forts lui fassent éprouver.

Il se trouve donc, tout d'abord, en contradiction avec cette belle maxime évangélique qui dit :

« Ne fais pas à autrui ce que tu ne veux pas qui te soit fait. »

D'après ce que nous venons de dire, je suis certaine que pas un seul, ici, ne voudrait mériter le nom de lâche. Je vois, à votre petit air d'indignation, que je ne me suis pas trompée. Mais, hélas! mes pauvres enfants, on tombe quelquefois dans une faute, sans qu'on s'en doute ; et c'est ainsi que, n'en ayant pas conscience, assurément, quelques-uns d'entre vous ont pu commettre plus d'une lâcheté.

Je ne veux nommer ni faire rougir personne; mais que celui qui a vingt fois arraché les ailes à une mouche, me dise s'il aurait essayé d'en faire autant à un aigle ou à un vautour, qui, pour se défendre, lui aurait bel et bien crevé les yeux?

Celui qui torture, à l'occasion, un petit chien, se sauverait devant un dogue; celui qui enlève le nid d'une faible mésange, y regarderait à deux fois avant de prendre leurs petits entre les griffes d'une lionne, ou sous les dents d'une louve.

Donc, lâche est celui qui fait du mal à une pauvre bête sans défense; lâche est celui qui prend les nids des petits oiseaux !

Vous voilà bien désappointés, n'est-il pas vrai?

Vous êtes comme honteux de vous-mêmes. Tant mieux ! Cela me prouve que vous n'avez péché que par ignorance, et qu'à l'avenir, vous ne vous laisserez plus aller à de méchants instincts.

II

Il est une chose qui m'a surprise, chaque fois que j'y ai réfléchi ; c'est que le vice a son orgueil aussi bien que la vertu. Que dis-je ! la vertu est simple et modeste ; le vice est essentiellement orgueilleux. Les bonnes actions, on trouve tout naturel de s'y consacrer ; les actes mauvais, on en tire une sorte de vanité, et l'on s'en glorifie d'autant plus qu'ils sont plus condamnables. Il y a bien de quoi se vanter, vraiment !

D'où vient donc un pareil défaut de jugement ; faut-il penser, comme le prétendent quelques gens qui voient tout en laid, que l'homme est généralement d'une méchante nature, et que, dans le monde, ce sont les bons qui font l'exception ? Pour moi, je n'en crois rien, et je serais désolée que vous prissiez une telle opinion de l'espèce humaine. Il m'a toujours paru que les plus méchants d'entre les hommes sont précisément ceux qui disent le plus de mal de leurs semblables. Comme on juge les gens et les choses aussi bien avec son cœur qu'avec ses yeux, et peut-être mieux

encore, voir le mal partout, c'est un signe qu'on en
porte en soi une certaine dose; voir partout le bien,
au contraire, c'est une preuve que notre âme est heureusement douée.

Mais alors, j'en reviens à ce que je disais tout à
l'heure. Pourquoi, la plupart du temps, tire-t-on plus
le vanité d'une mauvaise action que d'une bonne ;
quelle est la cause de ce manque de sens moral ?

C'est ce que nous allons rechercher ensemble.

Voyez-vous, là-bas, mes enfants, au fond de mon
jardin, ce cerisier tout tordu, tout recourbé, tandis
que, auprès de lui, les autres arbres sont droits comme
un I et de la plus belle venue? D'où vient cette différence? Tu vas nous dire cela, toi, petit Pierre; ton
oncle est jardinier, et tu es, plus que tout autre, à
même de me répondre.

— Ce n'est pas bien difficile à comprendre, dit petit
Pierre. Si le cerisier est tordu, c'est qu'on l'a laissé
grandir comme il a voulu, quand il était jeune; si les
autres sont droits, c'est qu'on les a empêchés de se
courber, c'est qu'on les a redressés quand ils s'y es-
sayaient. Pour cela, on les a liés solidement à des piquets de bois, que mon oncle appelle des tuteurs.

— Bien répondu, mon garçon. Grâce à ton explication, j'entrevois le motif que nous étions en train de
chercher.

Si bien des hommes manquent de bon sens et de jugement, ce qui n'est pas autre chose que d'avoir l'es-

prit tordu, c'est que, eux aussi, on les a laissés grandir comme ils ont voulu quand ils étaient enfants, au lieu de les lier à de solides tuteurs qui les auraient redressés, c'est-à-dire au lieu de leur donner de sages avis, de bons préceptes, de salutaires conseils, et surtout de bons exemples.

On néglige peut-être trop de dire à l'enfant : Ceci est bien, ceci est mal ; ou plutôt, ce qu'on ne fait pas, c'est de lui expliquer les raisons que l'on peut produire à l'appui de cette dissemblance.

Vous êtes tous infiniment curieux, mes petits bonshommes, mes chères petites filles ; curieux de tout savoir, curieux de tout connaître ; et les mots : « Pourquoi ceci ? pourquoi cela ? » sont dans votre bouche à chaque instant. Eh bien, je pense avec beaucoup de personnes sensées, qu'à tous ces *pourquoi* il est bon de répondre par autant de *parce que*, bien intelligibles. Tels sont les tuteurs moraux qu'emploient les jardiniers habiles, chargés de soigner les précieuses pépinières où s'élèvent les arbres de l'humanité prochaine.

Donc, si les hommes sont méchants, c'est qu'on a laissé les enfants le devenir ; et ceux qui crient si fort contre les premiers, feraient bien mieux de surveiller attentivement la croissance des derniers.

Voilà pourquoi je vous réunis, chaque dimanche, autour de moi. Je ne suis qu'une humble femme, riche seulement de mes bonnes intentions ; cela, je l'espère, peut suffire pour donner une sage direction à vos esprits et à vos cœurs. Mais il est essentiel que vous m'y aidiez par votre attention soutenue, par votre zèle à mettre en pratique les conseils que je vous donne. Songez bien que, vous, qui serez instruits, qui saurez distinguer le mal d'avec le bien, vous seriez doublement coupables, tout à fait sans excuse, si vous ne teniez aucun compte de votre savoir en cette matière.

Maintenant, il me reste à vous dire à quoi tendent toutes mes paroles d'aujourd'hui. J'ai voulu vous faire comprendre que, si tout le monde s'indigne de passer pour lâche, comme nous en sommes convenus ; beaucoup ne se trouveraient aucunement offensés de passer pour cruels ; la cruauté étant, à leurs yeux, moins odieuse que la lâcheté, tandis que, réellement, elle l'est bien davantage.

Quoi qu'il en soit, le mot *lâche* vous a fait rougir, et j'en suis bien aise ; j'ai l'assurance que pas un de vous ne voudra mériter ce nom. Ce ne sera donc pas sans profit que je vous démontrerai cette vérité :

Vous deviendriez infailliblement des hommes lâches, si vous étiez jamais des enfants cruels.

III

J'ai toujours beaucoup aimé la lecture ; et, chaque fois que i'ai rencontré dans les livres une belle et

bonne pensée, je me suis empressée d'en prendre
note. C'est une chose que je vous engage à faire;
vous serez tout étonnés, un jour, des précieuses ri-
chesses que vous aurez ainsi mises en réserve.

Voici une citation que je me rappelle et qui va,
naturellement, nous ramener à l'objet de notre entretien :

« Jamais homme cruel ne fut hardi. »

Cette phrase est de Commines, un historien qui vécut
dans les xive et xve siècles. En parlant ainsi, il avance
précisément ce que je vous disais, dimanche dernier :
l'homme cruel est lâche.

Quand vous étudierez l'histoire romaine, vous verrez, en effet, que les plus cruels d'entre les empereurs
de ce temps-là furent aussi les plus lâches.

Il y eut notamment, un certain Néron, pour qui la
vie des hommes n'était rien; il en fit périr un grand
nombre; il fit mettre le feu à sa capitale pour se réjouir, le malheureux! à la vue de cet immense incendie. Pendant qu'une foule de victimes se tordaient
dans les flammes, poussant des cris de douleur et
d'épouvante, lui, à l'abri de tout danger, au sommet
d'une tour, il chantait en s'accompagnant sur sa lyre.
Vous vous dites qu'un pareil homme est un monstre,
et je partage entièrement votre opinion. Il n'est guère
possible de pousser plus loin la cruauté; il n'est guère
possible d'être plus lâche que Néron Poursuivi, tra-

qué par ses sujets qu'ont révoltés ses actes barbares, il pleure, il se désole, il fuit, il tremble, il a peur.

Que d'exemples j'aurais encore à vous citer! Vous en entendrez parler plus tard, et vous vous rappellerez que tante Émélie vous disait, avec raison, que la lâcheté est fille de la cruauté.

Des exemples! Eh mon Dieu! à quoi bon en aller chercher aussi loin? Il ne s'en produit que trop autour de nous. Félix, raconte donc à tes petits camarades ce qui s'est passé, il y a trois mois environ, presque devant ma porte. Tu y étais, et tu dois t'en souvenir.

— Oui, tante Émélie, je sais bien ce que vous voulez dire.

Et Félix commença le récit suivant.

Il pouvait être deux ou trois heures de l'après-midi; un charretier, conduisant une grosse voiture attelée d'un seul cheval, voulait monter la côte du faubourg de Namur. La pauvre bête faisait tout ce qu'elle pouvait; elle raidissait les jambes, tendait le cou, mais en vain; elle n'était pas assez forte pour une aussi lourde charge. D'ailleurs, détrempé par la pluie, le chemin était excessivement mauvais.

Le charretier, furieux, accablait de coups l'animal qui, bientôt, tomba sans pouvoir se relever. Son maître, loin d'avoir pitié de lui, tira son couteau de sa poche, et voulut l'en frapper, malgré les réclamations de toutes les personnes qui se trouvaient là.

A ce moment, un monsieur s'avança; il saisit le charretier par le bras et le repoussa violemment d'un autre côté, aux grands applaudissements de tout le monde. L'autre voulut revenir à la charge; mais il s'arrêta, aussitôt qu'il eut examiné son adversaire.

C'était un homme grand, vigoureux, et qui vous intimidait rien qu'en fixant sur vous son œil noir qui brillait comme une vive lumière.

— Pourquoi me battez-vous? demanda le charretier, dont les dents claquaient de peur, en voyant le monsieur lever le poing sur lui.

— Pourquoi bats-tu ton cheval?

— Mon cheval est une méchante brute.

— C'est toi qui es méchant, de vouloir éventrer cette pauvre bête avec ton couteau; c'est toi qui es une brute, d'exiger qu'elle monte la côte avec une charge cinq fois trop pesante pour elle.

— Qu'est-ce que cela vous fait?

— Je n'ai pas de compte à te rendre. Tu vas dételer et relever ce cheval; puis, tu iras en chercher d'autres pour l'aider.....

— Chercher d'autres chevaux; par exemple!

— Cela sera ainsi, car je le veux.

— Et si, moi, je ne le veux pas?

— Alors, je te traiterai comme tu as traité ce malheureux animal.

Disant cela, le monsieur arracha le fouet des mains du charretier, et fit mine de vouloir l'en frapper. Mais celui-ci, se réfugiant au milieu de la foule, se mit à crier au secours !

— C'est bien cela, dit le protecteur du cheval; aussi lâche que cruel !

Puis, laissant là cet homme, il se mit en devoir de dételer l'animal, proposa quelque argent à d'autres voituriers qui consentirent à prêter leurs chevaux; et, en moins d'un quart d'heure, la côte fut montée.

— Tiens ! dit le monsieur, en jetant son fouet au charretier; une autre fois, sois plus humain pour les animaux, si tu ne veux pas qu'un homme de cœur te corrige de la bonne façon.

— Pas mal, mon cher Félix, dit tante Émélie, lorsque l'enfant eut terminé son récit; tu as assez bien rendu tous les incidents de cette scène. C'est ainsi, ne l'oubliez pas, mes enfants, que doit s'y prendre celui qui veut raconter un fait quelconque qui s'est passé sous ses yeux. Il ne doit négliger aucun des détails essentiels qui peuvent intéresser ses auditeurs.

En un mot, celui qui veut peindre par la parole, doit, aussi bien qu'un artiste peintre, colorer son discours, l'animer; c'est-à-dire lui donner le plus de vie possible. Il faut qu'il captive l'oreille, comme le dessinateur attire et charme le regard.

Ne l'oubliez pas, vous qui êtes toujours prêts à rendre compte, le soir, à la table de la famille, de ce que vous avez vu ou entendu pendant la journée.

LA BÊTE FÉROCE EST COURAGEUSE

Après ce que nous avons dit dans nos trois derniers entretiens, il me paraît intéressant de rechercher si les animaux sont comme les hommes : d'autant plus lâches qu'ils sont plus cruels? C'est là une petite étude comparative à laquelle nous nous livrerons quelquefois, et qui nous prouvera que l'avantage n'est pas toujours à celui qui s'intitule, avec tant d'orgueil, le seul animal raisonnable. C'est en vue de ce rapprochement qu'un poëte du siècle de Louis XIV, Boileau, a écrit ces deux vers :

> De Paris au Pérou, du Japon jusqu'à Rome,
> Le plus sot animal, à mon avis, c'est l'homme.

Mais il me semble que Thérèse me regarde en dessous, avec un petit air moqueur. Quelle est ta pensée, mon enfant? parle franchement, afin que je puisse te répondre, s'il y a lieu.

— C'est que, rappelez-vous, tante Émélie, vous

nous avez dit, dernièrement, que vous n'aviez pas grande confiance dans le bon cœur des gens qui prétendent que l'homme est méchant de son naturel.

— Je le dis encore.

— Pourtant, voilà que vous tenez à nous prouver que l'homme ne vaut pas même une bête féroce, puisque celle-ci est cruelle sans être lâche, et que celui-là au contraire, ne saurait être l'un sans être l'autre.

— Et là-dessus, Thérèse se dit : Tante Émélie est en contradiction avec elle-même; elle veut tantôt blanc, tantôt noir !

— Mais non, je vous assure.

— Bon! bon! ne t'en défends pas. J'aime mieux que tu me dises la vérité. Mais tu te trompes, ma chère petite ; je ne suis pas aussi inconséquente dans mes paroles que tu peux te l'imaginer.

Certes, mon opinion est que, généralement, l'homme vient au monde avec de bons instincts dans l'âme. S'il en était autrement, pourrait-on dire qu'il est fait à l'image de Dieu? Car vous entendez bien, n'est-ce pas, mes enfants, ce que cela signifie? On ne veut pas dire que l'homme ressemble à Dieu par son misérable corps qui n'est que poussière et qui retournera en poussière. S'il a quelque ressemblance avec son Créateur, c'est par son âme, essence immortelle, reflet impérissable de la Divinité.

Donc, encore une fois, quand une âme s'élance dans le sein de la création et de l'humanité, elle est largement pourvue des qualités les plus précieuses, les plus divines.

Peu à peu, quelquefois, elle se pervertit sous l'influence des passions; alors elle s'éloigne de son but, elle ment à son origine.

Heureusement, et c'est en cela que je ne me contredis point, le petit nombre des hommes manque seul, ainsi, à sa mission providentielle.

Les animaux, au contraire, restent toujours, et de génération en génération, ce que la nature a voulu qu'ils fussent. Ils ne se modifient guère, et voilà en quoi ils diffèrent de l'homme qui seul a son libre arbitre, c'est-à-dire qu'il se guide à sa volonté, qu'il n'obéit qu'à sa fantaisie, qu'il peut choisir sa voie et se diriger à son gré vers le bien ou vers le mal.

Ce que je vais chercher avec vous, c'est ceci : L'homme, animal raisonnable, appelons-le ainsi, puisque cela lui fait tant de plaisir; l'homme, dis-je, qui prend une direction mauvaise, c'est-à-dire qui s'éloigne de plus en plus de l'harmonie humaine, est-il ou n'est-il pas plus méchant que la plus méchante bête qui, du moins, elle, a pour excuse de se trouver toujours dans les mêmes conditions que celles où l'a placée la nature ?

Nous avons parlé de l'homme cruel, et nous avons vu qu'il était lâche; touchant à la fois, par son caractère, au point le plus odieux et au point le plus vil; les deux extrémités du mal : la soif de répandre le sang des autres; la terreur de voir couler le sien.

Prenons pour second terme de notre comparaison, les animaux les plus cruels, les plus sanguinaires : les bêtes féroces.

Le loup?

Non; il n'est point assez fort pour avoir le degré de cruauté qui puisse le rapprocher de l'homme méchant.

Le lion?

Non; il est quelquefois magnanime, sentiment élevé que ne connaît pas l'homme cruel. Vous avez tous entendu parler du *lion d'Androclès*, qui, soigné au milieu des forêts par un esclave fugitif, le reconnaît plus tard dans l'amphithéâtre où il s'apprêtait à le dévorer, s'approche, et lui lèche les pieds. C'est là de la reconnaissance; or, il n'est point d'homme cruel qui soit jamais reconnaissant.

On vous a dit aussi l'histoire du *lion de Florence*, qui, échappé de sa cage, parcourait les rues de la ville, jetant devant lui l'épouvante. Une pauvre mère, affolée de terreur, laisse, en fuyant, tomber son enfant de ses bras. Le lion se saisit de l'innocente créature, il va la déchirer; la mère s'élance, se jette à genoux devant la bête féroce, l'implore, la supplie; et le lion attendri lui rend son enfant et se laisse saisir par ses gardiens. Mais c'est là de la compassion, de la pitié; or il n'est point d'homme cruel qui soit jamais compatissant,

Le tigre ?

Oh ! voilà celui que nous cherchons. Le tigre, la panthère, le jaguar ; ces noms rappellent bien à l'idée une cruauté poussée à ses plus extrêmes limites.

Nous avons donc à voir si ces plus féroces d'entre les bêtes féroces sont aussi lâches que l'homme qui se modèle sur leur cruauté.

II

Le tigre, avons-nous dit, est un animal féroce entre tous ; il nous reste à voir s'il est lâche ou s'il est courageux ? Le meilleur moyen de nous en instruire, c'est de lire les récits des voyageurs. Voici un livre que j'ai pris tout exprès dans ma bibliothèque, et qui va nous donner quelques renseignements à cet égard. Il est écrit par le capitaine anglais *Mundy*, et est intitulé : *Esquisses de l'Inde à la plume et au pinceau.*

Léon va nous lire les passages que j'ai indiqués par des signets. Seulement, mon ami, va lentement, prononce bien ; car la lecture n'est agréable à ceux qui écoutent, qu'autant que le lecteur est habile.

Léon promit qu'il ferait de son mieux ; il prit le livre des mains de tante Émélie et commença la lecture suivante :

« Un jour, à quatre heures après midi, nous partîmes au nombre de dix, emmenant avec nous, outre nos montures, une vingtaine d'éléphants pour la battue. Arrivés vers un marais qu'on nous avait indiqué, nous étendîmes notre ligne et nous avançâmes avec précaution : il y avait en cet endroit peu d'arbres, mais un taillis épais et beaucoup de joncs. Je descendis un instant de cheval pour tirer un florican, espèce d'outarde. Je tuai l'oiseau, et je remontai en selle.

» Presque aussitôt, un éléphant dressa sa trompe et en souffla bruyamment à plusieurs reprises.

» — Bien, dit le *mahout* (conducteur de l'éléphant), il y a un tigre entre le vent et votre seigneurie.

» Notre zèle se ranima ; notre tigre se tourna vers le nord, et nos vingt éléphants avancèrent rapides, en continuant toujours à battre à pieds lourds le terrain.

» Nous avions fait quatre cents pas, environ, et nous étions engagés dans le marécage, lorsqu'enfin nos oreilles furent réjouies par le *tallyho* tant désiré. (On appelle tallyho le cri que poussent les Indiens, quand ils aperçoivent un tigre). Un coup de feu du colonel R..... fut suivi d'un effroyable rugissement, et un tigre s'élança contre nous. Alors, survint la scène la plus ridicule et la plus maussade du monde, les éléphants prirent la fuite en désordre; celui de lord Combernere resta seul immobile comme un roc. Le tigre, après avoir déchiré un pied de derrière à l'un des fuyards, se retourna furieux vers lord Combernere. Dans cet instant, une balle lui traversa les reins, et il recula dans les joncs.

» J'étais accouru sur le champ de bataille, et m'étais placé auprès du brave animal que montait le lord. Nous tirâmes ensemble plusieurs fois sur le tigre qui recommença l'attaque, et nous fit face valeureusement jusqu'à ce que, tout son sang coulant par ses blessures, il tomba mort. On le hissa sur le dos d'un éléphant, et l'on reforma la ligne.

» Après une nouvelle battue d'une demi-heure, j'entrevis l'herbe se mouvoir légèrement à deux cents pas devant moi, et je criai le *tallyho !* Cette fois, deux tigres levèrent la tête, et, sans montrer ni colère, ni frayeur, prirent tranquillement leur course du côté opposé au nôtre. On tira quelques coups de feu ; le plus fort des deux tigres fut probablement atteint, car il se retourna en rugissant, et se jeta au-devant de nous en bondissant d'une manière terrible. A ce moment, il eut la mâchoire fracassée ; il se recula pour s'élancer de nouveau, fit quelques efforts, mais ses genoux fléchirent, et on descendit l'achever.

» Un des chasseurs n'avait point perdu de vue l'autre tigre ; il nous dirigea vers l'endroit où il l'avait vu se retirer. D'abord, la recherche fut vaine ; on enfonçait dans la vase, et, comme le jour baissait, quelques-uns d'entre nous ouvraient l'avis de clore la chasse, quand nous vîmes l'éléphant de lord D.... se rejeter en arrière avec un cri plaintif. Le tigre était suspendu à sa queue, près de l'échine, et le déchirait cruellement.

» Lord D...... était dans une position difficile, car

le *mahout*, effrayé, laissait pendre ses pieds à un pouce ou deux du tigre ; en faisant feu, on risquait de le tuer. Toutefois, il fallut prendre un parti, car l'éléphant tournait et se balançait avec des cris affreux ; nous vînmes à l'aide de lord D..... plus de huit balles entrèrent dans le corps du tigre, avant qu'il se décidât à lâcher prise. Sa mort suivit de près sa chute. »

Maintenant, mes enfants, dit tante Émélie, écoutez ce qu'un naturaliste a écrit sur quatre autres bêtes féroces ; la panthère, le léopard, l'once et le jaguar, dont on ne saurait nier les profonds instincts de cruauté.

« Ces quatre espèces d'animaux carnassiers ont tant de rapports entre elles, qu'on serait tenté de les confondre sous une dénomination commune, et que l'on est embarrassé pour assigner à chacune quelques caractères distinctifs. Ces animaux habitent les pays chauds ; tous sont revêtus d'une robe brillante et mouchetée. Les ongles tranchants et rétractiles, c'est-à-dire se renfonçant dans la patte, comme ceux des chats ; l'iris de l'œil fendu et susceptible d'une grande dilatation ; les oreilles courtes ; des taches noires, arrondies, parsemées sur pelage fauve pour trois espèces, grisâtre pour la quatrième ; le poil court, brillant, blanc sous le ventre ; le corps allongé, la tête ronde ; l'habitude de grimper sur les arbres, de guetter leur proie, de l'atteindre d'un seul bond en s'élançant sur elle.

» La panthère, le léopard et le jaguar sont intraitables ; rien ne peut égaler leur cruauté ; ils versent le sang, pour le seul plaisir de le verser, fussent-ils même complétement repus ; et ils sont d'autant plus dangereux, d'autant plus terribles, que *leur courage égale leur férocité.* »

Ainsi donc, mes enfants, voilà qui est parfaitement prouvé, l'animal le plus féroce a cet avantage sur l'homme cruel, qu'il n'ajoute pas la lâcheté à la soif du sang dont il est dévoré.

Si nous continuions notre comparaison, nous constaterions à peu près les mêmes dissemblances. Ainsi, nous pouvons, sans crainte de nous tromper, établir en principe que, sur la route du mal, l'homme méchant l'emporte en méchanceté sur les animaux.

Comment en serait-il autrement? L'animal ne fait qu'obéir aux instincts qu'il a reçus de la nature ; il lui manque le sens qui sait apprécier le bien et le mal. L'homme, au contraire, qui s'abandonne à ses passions, le fait sciemment, par le fait de sa volonté ; et bien souvent, une mauvaise action nouvelle qu'il commet, n'a pas d'autre but que d'étourdir le cri de sa conscience et de faire taire les remords que la précédente éveille en lui.

Voyons, maintenant, si plus heureuse, sur la route du bien, l'espèce humaine possède des qualités qui soient inconnues à l'espèce animale.

LE CŒUR DES HOMMES ET LE CŒUR DES BÊTES

Il y a un proverbe qui dit :

« Qui peut le plus, peut le moins. »

C'est-à-dire : celui qui parvient à parcourir, tout d'une traite, un chemin dans son entier, franchirait aisément, l'une après l'autre et chacune dans un jour, les étapes dont ce chemin est composé. C'est-à-dire, encore : celui qui peut soulever cinq ou six cents livres, manierait en se jouant des poids de vingt, de cinquante et de cent kilos.

Voilà pourquoi, ayant à comparer entre eux les hommes et les animaux, dans leurs instincts mauvais, j'ai de suite choisi le plus extrême parmi ces derniers. J'en agirai de même à l'égard des bons sentiments; je passerai en revue avec vous ceux qui honorent le plus l'espèce humaine.

De cette façon, nous aurons parcouru toute la gamme du cœur de l'homme, puisque :

« Qui peut le plus, peut le moins; »

Et nous saurons à quoi nous en tenir dans notre appréciation entre lui et le cœur de l'animal.

Si je vous demande quel est le sentiment le plus vif, le plus profond, le plus dégagé d'égoïsme, le plus rempli de dévouement et d'abnégation, tous, j'en suis bien certaine d'avance, vous allez me répondre avec une touchante unanimité :

C'est l'amour maternel !

Et vous aurez raison de répondre ainsi.

Une mère, voyez-vous bien, est un trésor d'indulgence et de bonté ; c'est la représentation la plus parfaite de la Divinité sur la terre; et, comme je vous le rappelais, il y a un ou deux dimanches, quand on a dit que Dieu avait fait l'homme à son image et à sa ressemblance, c'est bien plutôt le cœur d'une mère qu'il aurait fallu dire.

Vous ne saurez jamais assez reconnaître tout ce qu'il y a de grand et de sublime dans ces bons cœurs-là. Aimeriez-vous vos mères dix fois, cent fois, mille fois plus encore que vous ne les aimez, que votre tendresse pour elles serait, à côté de leur tendresse pour vous, comme le clocher de notre paroisse à côté de la flèche gigantesque qui porte le saint Michel de l'Hôtel-de-Ville.

Donc, pour en revenir à notre sujet, l'amour maternel est le plus beau des sentiments humains.

Si je devais vous citer tous les exemples que j'en connais, il me faudrait employer à ce récit les cinquante deux dimanches de chacune de cinquante-deux années, et encore n'aurais-je pas tout dit, à beaucoup près. Depuis la mère désolée d'Abel, qui, mourante de désespoir auprès du corps de son cher enfant, ne trouvait pas le courage de maudire le meurtrier Caïn qui était aussi son fils, jusqu'à l'une d'entre vos mères, à vous tous, les mères ont toujours été... comment dirai-je, pour bien rendre ma pensée?... ont été... des *mères !* je ne puis rien trouver de mieux que ce mot-là qui dit tout par lui-même.

Je ne vous citerai donc aucun exemple emprunté à l'espèce humaine.

Les animaux possèdent-ils pour leurs petits ce magnifique sentiment? Il y aurait folie à prétendre le nier; et, si les enfants n'étaient pas d'assez mauvais observateurs, vous pourriez, assurément, me raconter des faits qui témoigneraient en faveur de cette vérité : les animaux obéissent, eux aussi, aux grandes lois de l'affection maternelle.

— Des faits! tante Émélie, interrompit un des enfants; il me semble que j'en connais un.

— Voyons, parle, mon petit Charlot; tu me fais grand plaisir en me disant cela.

— On avait fait couver des œufs de cane à une poule; les petits éclos, ils allèrent immédiatement se jeter à la mare, afin d'y barboter tout à leur aise. La pauvre poule qui, elle, avait grand'peur de l'eau, croyait ses enfants perdus; elle poussait des cris plaintifs, se lamentait à sa manière; et si on ne l'avait pas fait rentrer de force au poulailler, assurément elle aurait fini par rejoindre ses canetons, et elle se serait noyée en voulant les sauver.

— Cependant, ces petits n'étaient pas les siens propres; elle n'avait fait que les couver, elle n'était en quelque sorte que leur nourrice.

— Et notre jument, dit Frédéric, est-elle heureuse, quand elle voit son poulain trotter à ses côtés! Elle le regarde avec orgueil, elle semble dire à tous ceux qui s'arrêtent pour l'admirer : Il est bien beau! n'est-ce pas? Eh bien, je suis sa mère, c'est mon enfant!

— Et la poule, dont on parlait tout à l'heure, continua Louise; il n'y a pas de bête plus craintive qu'elle. Mais, quand il s'agit de défendre ses poussins, elle n'a peur de rien; elle saute à la tête des dogues les plus méchants et parvient à les mettre en fuite; elle n'hésite même pas à s'élancer contre un homme.

— Nous n'avons pas oublié, non plus, dit à son tour Nicolas, quel accident arriva, l'année dernière, à ce garçon de Forêt[1] qui avait été à la chasse aux nids. Il venait de grimper sur un arbre au haut duquel se trouvait un nid de pie. Il allait s'emparer des petits, lorsque la mère, pour les protéger, se mit à harceler son ennemi, le frappant avec son bec, avec ses ailes, à la tête et au visage; elle fit si bien que le jeune garçon, étourdi, ahuri, aveuglé par ces attaques réitérées,

1. Forêt, village près de Bruxelles.

perdit l'équilibre, làcha la branche à laquelle il se tenait, tomba et se tua du coup.

— Vous le voyez, mes enfants, reprit tante Émélie,
l'amour maternel donne de la vaillance aux animaux
les plus faibles, il centuple leurs forces et les fait souvent triompher de périls sérieux.

II

Léon va nous lire encore, aujourd'hui, ce passage
d'un livre que j'ai mis de côté pour vous. Dernièrement, j'ai été satisfaite de sa lecture; seulement, mon
petit homme, tu ne fais pas assez attention aux temps
d'arrêt, c'est-à-dire aux signes de ponctuation. Songe
bien qu'ils sont placés là pour quelque chose; l'auteur,
qui les a choisis, a voulu aider le lecteur et le diriger
dans l'expression des idées et des sentiments qu'il doit
rendre. Rappelle-toi ce que je viens de te dire, et
arrête-toi convenablement à toutes les virgules, à tous
les points que tu rencontreras; ta lecture n'en vaudra
que mieux.

Maintenant, nous t'écoutons.

     « *L'instinct du cœur maternel chez le pigeon.*

     » Quand un enfant s'égare et ne retrouve plus le
toit maternel, on s'épuise en recherches dans le quartier, et, à bout de perquisitions, on a recours au com-

missaire de police et à la publicité des affiches et des journaux. Les animaux n'ont pas ces ressources; mais la nature les a amplement dédommagés de leur infériorité relative, en leur prodiguant des facultés instinctives qui manquent à nos sens intelligents.

» On sait avec quelle sûreté les chevaux, les chiens, les chats et les pigeons regagnent le domicile dont on les a éloignés; la Belgique est connue pour ses sociétés qui possèdent des pigeons pouvant franchir des distances considérables pour retourner à leur colombier. On a été, peut-être, plus rarement à même d'observer que ces animaux peuvent, aussi facilement, retrouver le lieu où l'on a transporté un de leurs petits. Le fait suivant, que nous fournit une personne en qui nous pouvons avoir toute confiance, en offre un exemple touchant.

» La propriétaire d'un café, situé en face de la gare du chemin de fer d'Orléans, à Paris, avait, un de ces jours derniers, rapporté de Champrosay, près de Corbeil, un pigeonneau enfermé dans un panier.

» Quel fut son étonnement, lorsque, le lendemain, voulant lui donner les soins qu'exigeait son jeune âge, elle trouva, installée auprès de lui, une ménagère bien autrement empressée et mieux au fait des besoins du frêle volatile. C'était la mère qui, sans hésitation, était accourue à tire-d'aile, et donnait avidement la becquée à son petit, en articulant quelques tendres roucoulements.

» La maîtresse de la maison ne voulut pas être seule témoin de ce fait curieux et attendrissant; elle en fit part aux consommateurs attablés dans le café; les voisins et les voisines accoururent. On hasarda, sur l'intelligence et sur le dévouement maternel des bêtes, une foule de commentaires, on cita une quantité d'anecdotes; et le résultat le plus heureux de cette conversation, c'est que les petits enfants furent encore plus délicatement, plus tendrement soignés, ce jour-là, par toutes les mères qui n'auraient pas voulu le céder en amitié à une pauvre pigeonne.

» Ainsi, selon l'heureuse expression du fabuliste, la Providence

« Se sert des animaux pour instruire les hommes. »

— Ce dernier vers, mes enfants, dit tante Émélie, me rappelle que, dans le temps, j'en ai lu d'autres qui m'ont excessivement touchée. Ils sont d'un poëte français, Soumet, qui fait parler une jeune orpheline. Parmi les plaintes désespérées que l'auteur met dans la bouche de cette pauvre fille dont tous les parents sont morts, se trouvent les vers suivants, gracieux témoignage des trésors de tendresse qui embellissent jusqu'aux nids dans lesquels reposent les petits oiseaux.

Oh! pourquoi n'ai-je pas de mère?
Pourquoi ne suis-je pas semblable au jeune oiseau,
Dont le nid se balance aux branches de l'ormeau?

Si d'aussi faibles, d'aussi chétives créatures sont susceptibles de dévouement pour leurs petits, vous pensez bien que les animaux de haute taille ne sont pas moins heureusement doués sous le rapport du sentiment maternel. Interrogez tous les chasseurs, ils vous diront qu'il est dangereux de s'attaquer aux bêtes fauves, lorsqu'elles ont des jeunes. On a tout à craindre alors, de leur fureur poussée à son paroxysme, c'est-à-dire à son plus haut degré.

D'autres fois, l'affection maternelle se manifeste par des soins qui étonnent, en raison de leur caractère de prévoyance et de sollicitude.

Il y a quelques jours, me promenant au jardin zoologique de Bruxelles, je prenais plaisir à voir les ébats de deux petits oursons enfermés dans la même fosse que leur mère. L'un d'eux, avec la témérité de son âge, voulut se donner les airs de grimper à l'arbre. Déjà, à grand'peine, il avait franchi une certaine distance, et je me disais, à part moi, que si l'imprudent venait à tomber, il se casserait infailliblement les reins.

Cette pensée que me suggérait mon raisonnement l'ourse l'eut aussi. Dès qu'elle aperçut son petit, cette élévation dangereuse, elle s'élança vers lui, soutint avec ses pattes de devant, et l'attirant doucement par sa redoutable mâchoire devenue inoffensive, elle le fit descendre.

L'ourson prit plaisir à ce jeu. Peu d'instants après,

il recommençait son ascension; et la mère, de recommencer également le même manége. Cela dura jusqu'au moment où l'ourse, impatientée sans doute, s'assit gravement au pied de l'arbre, ayant l'air de dire au petit désobéissant : Reviens-y donc, maintenant !

Mais, sans aller chercher des exemples de sentiment maternel parmi les ours, les loups, les lions et les tigres, jetons les yeux autour de nous, et nous n'aurons, pour en citer, que l'embarras du choix.

III

La chienne d'un commerçant mit bas cinq petits, dans l'écurie de l'auberge où il était descendu à Hal, petite ville située à trois lieues de Bruxelles. La jugeant incapable de le suivre, son maître la recommanda, en partant, aux soins du domestique de la maison. Mais ce dernier était un brutal qui n'aimait point les bêtes; et la pauvre chienne comprit, avec son instinct maternel, que ses enfants, en cet endroit, couraient grand risque de recevoir des rebuffades, au lieu des mille douceurs, des bonnes caresses qui leur auraient été prodiguées à son logis habituel.

A cette pensée, son pauvre cœur s'émeut; si faible qu'elle soit, elle prend délicatement un de ses petits entre ses dents, elle part, franchit la distance, et

arrive le déposer dans son chenil, chez son maître.
Cinq fois, elle fit ce trajet de l'aller et du retour; et
quand son dernier chien eût été, ainsi, mis à l'abri
des mauvais traitements qu'elle redoutait, elle tomba
défaillante devant sa niche et y expira de fatigue et
d'épuisement.

Elle avait, sans s'arrêter, alourdie par son cher
fardeau, fait neuf fois le voyage de Hal à Bruxelles;
un total de 27 lieues !

Le lendemain, son maître la retrouva morte auprès
de ses petits pour lesquels la pauvre mère s'était
dévouée.

Voici un autre trait qui n'est pas moins touchant,
et que je puis vous garantir, car j'en ai été témoin
dans mon enfance.

C'était à Strasbourg. Je m'y trouvais avec mon
père qui y avait été appelé pour les besoins de son
commerce. Il faut vous dire que, pendant la belle
saison, il y a à Strasbourg un grand nombre de cigognes, nichées, pour la plupart, contre les hautes
cheminées des maisons. De là, elles s'abattent dans
les champs, dans les bois voisins, et les purgent des
serpents et des reptiles de toutes sortes dont elles
font leur nourriture. Aussi, ces oiseaux au long cou
et aux grandes pattes, sont-ils généralement respectés
pour les services qu'ils rendent aux habitants.

Une nuit, le feu prit à une cheminée, et atteignit
de dangereuses proportions. Précisément, un nid de

cigognes se trouvait adossé à cette cheminée en flammes. Le premier mouvement de la mère fut d'ouvrir les ailes et de fuir cette fournaise. Mais bientôt, elle revint, tournant autour de son nid avec des cris déchirants, et essayant de sauver ses pauvres petits. Efforts inutiles! Déjà l'incendie gagnait sa maison de mousse et de paille; il n'y avait plus d'espoir de salut.

Que fit alors la cigogne?

Écoutez bien, mes enfants; cet acte est admirable de la part d'une pauvre bête.

Elle reprit sa place, son poste d'honneur sur son nid; et mourut, consumée avec ses petits, préférant partager leur fin terrible, plutôt que de s'enfuir sans eux.

Cela, vous dis-je, je l'ai vu; et de ma vie, je n'oublierai ce dévouement sublime. Quand j'y pense, les larmes m'en viennent encore aux yeux.

Êtes-vous convaincus, maintenant; ne pensez-vous pas que les animaux possèdent ce grand sentiment de l'amour maternel; le plus beau, le plus pur, le plus sacré qui soit au cœur de l'espèce humaine?

Je suis bien loin de vouloir comparer entre elles, l'affection qu'une mère porte à ses enfants, et celle qu'une bête a pour ses petits. Dieu merci, une véritable bonne mère ne peut être comparée à rien, en ce monde. Mais j'ai tenu à vous prouver, et j'espère y avoir réussi, que le cœur des animaux, lui aussi, est pénétré de ce magnifique sentiment.

Un dernier mot, à ce sujet.

Vous connaissez, à peu près tous, votre histoire sainte; vous savez que Moïse, après avoir retiré les Israélites de la terre d'Égypte où ils étaient en esclavage, alla chercher, sur le mont Sinaï, la loi que Dieu voulait donner à son peuple. Cette loi est, dans tou son ensemble, ce qu'on appelle le *Code mosaïque.*

Un des articles interdit, d'une manière absolue, d'offrir en sacrifice au Seigneur, le même jour, une brebis et son agneau, *de peur qu'en exposant celle-là à voir égorger celui-ci, on outrage le sentiment maternel qui est si vivace, même dans le cœur des animaux.*

Moïse va encore plus loin.

Il ne veut pas qu'on accommode la chair d'un agneau avec le lait d'une brebis; *afin,* dit-il, *qu'on ne risque pas de mêler le lait de la mère au sang de son petit, ce qui serait un odieux sacrilége.*

Cette preuve me suffirait. Quand un aussi profond législateur que Moïse qui, dans son code, s'est occupé des questions les plus élevées, ne croit pas indigne de lui, mieux encore, ne croit pas indigne du Seigneur dont il est l'interprète, de ménager la sensibilité des animaux, de ne pas froisser leurs sentiments, de ne pas torturer leur cœur; c'est que le cœur existe véritablement chez eux, c'est que les sentiments les plus tendres s'y développent, c'est que la sensibilité les anime presque à l'égal de nous-mêmes.

IV

Après l'amour maternel dont nous avons parlé, ce qui dénote le mieux un grand et noble cœur, c'est le sentiment de la solidarité humaine.

Solidarité!

Voilà un mot que vous entendez probablement pour la première fois; il convient donc que je vous l'explique.

On entend par *solidarité*, une responsabilité mutuelle qui existe entre plusieurs personnes, pour la douleur aussi bien que pour la joie, que chacune d'elles doit partager. Vous me comprendrez mieux, si je vous dis que la *solidarité* est une fraternité à toute épreuve, qui fait considérer tous les hommes comme s'ils étaient d'une seule et même famille; on se réjouit avec ceux qui sont heureux; quant à ceux qui sont tristes, on prend une partie de leur peine, si l'on ne peut parvenir à la calmer tout à fait.

N'est-il pas vrai, mes enfants, que c'est là un noble sentiment? Aussi, dans tous les temps, a-t-on fait consister la sagesse et la vertu, dans sa pratique.

L'écrivain Amyot, traduisant Plutarque, nous donne une des lois édictées par Solon, le législateur grec, et nous dit, dans le naïf langage du temps, qu'il n'est pas inutile de vous faire lire quelquefois :

« S'il y avoit aucun qui eust esté blécé, battu, forcé ou autrement endommagé, il estoit loisible à quiconque vouloit d'appeler l'oultrageant en justice et le poursuivre. Ce qui fut sagement ordonné pour accoustumer les citoyens à se ressentir et se couloir du mal les uns des autres, comme d'un membre de leur corps qui auroit esté offensé. »

Un autre auteur, Th. Mitraud, a écrit ceci :

« C'est la foi en la solidarité qui a inspiré aux individus, aux peuples, à l'humanité, leurs plus sublimes actions ; et c'est en se faisant solidaire de tous les hommes, sans en excepter un seul, que Jésus, à qui l'on reprochait sur la terre sa bonté pour les pécheurs, meurt sur la croix. »

C'est par un sentiment, à peu près semblable, que les hommes obéissent religieusement à la voix d'un patriotisme éclairé. Vous êtes bien jeunes, mes enfants ; vous ignorez les choses de la vie ; mais cela ne vous empêche pas d'être fiers de votre pays. C'est bien, c'est ainsi qu'il faut être. La patrie est une mère ; vos compatriotes sont des frères, tout ce qui les touche vous intéresse, leur honneur est le vôtre, votre vie sociale ne fait qu'une avec la leur.

Eh bien, ce qui se nomme *patriotisme*, quand on ne parle que d'un seul peuple, s'appelle *solidarité*, lorsqu'il s'agit de l'humanité tout entière.

J'avais donc bien raison de vous dire, au commencement de cet entretien :

Après l'amour maternel, ce qui dénote le mieux un grand et noble cœur, c'est le sentiment de la solidarité humaine.

Si nous pouvons prouver que les animaux n'en sont pas dépourvus, nous aurons établi d'une manière irréfutable, n'est-il pas vrai, qu'ils ont droit à notre sympathique intérêt, puisque certaines espèces arrivent, instinctivement, à mettre en pratique ce proverbe oriental :

« Jouis des bienfaits de la Providence, voilà la sagesse ; fais-en jouir les autres, voilà la vertu. »

Je ne vous parlerai pas de l'intelligente association qui existe entre les castors, entre les abeilles, entre les fourmis. D'ailleurs, d'après l'explication que je viens de vous donner, et comme il s'agit là d'espèces distinctes, particulières, travaillant en commun à l'œuvre que leur a assignée la nature, le mouvement auquel cède chacune d'elles se rapporte plutôt au patriotisme ou à l'amour des hommes pour leur propre pays.

Mais voici quelques faits que j'ai réunis, et qui vous offriront des exemples de véritable solidarité chez les animaux.

Trois chiens, appartenant à un riche propriétaire de la Vendée, étaient allés à la chasse sans leur maître, comme cela arrive quelquefois. Après avoir relancé un lapin qui s'était réfugié dans son terrier, l'un des chiens s'introduisit si profondément dans ce trou, que toute retraite lui devint impossible. Après avoir gratté inutilement la terre pour le secourir, ses deux compagnons retournèrent au logis, tristes et fatigués; le lendemain et le surlendemain, même disparition, à la pointe du jour, et même retour, le soir, des deux chiens harassés et refusant toute nourriture, les pattes ensanglantées, le corps couvert de sueur et de terre.

Le troisième jour, enfin, les trois chiens revinrent, et celui qui avait été perdu, escorté par ses deux camarades, était mourant de faim et maigre au possible. Il fut évident que les deux autres avaient travaillé et réussi à délivrer leur compagnon, ce que démontra, d'ailleurs, la large ouverture faite au terrier.

V

Une de mes parentes avait élevé deux chattes, la mère et la fille; ces deux gentilles bêtes dormaient littéralement dans les pattes l'une de l'autre. J'avais dix-huit ans, à cette époque, et je me rappelle parfaitement les avoir admirées dans cette position, museau contre museau, les pattes entrelacées. Elles poussèrent plus loin leur affection réciproque; car la mère, ayant perdu son lait pendant qu'elle nourrissait d'autres petits, ce fut la fille qui leur apporta le secours du sien, et les nourrissons des deux familles profitèrent à merveille.

J'eus également l'occasion de voir démentir d'une façon touchante le proverbe qui dit : « Ennemis, comme chien et chat ! »

Une chatte et une chienne mangeaient dans la même écuelle, sans gronder l'une contre l'autre; elles couchaient dans la même niche, faisaient leurs petits dans la même corbeille, les allaitaient ensemble et, souvent, l'une pour l'autre. La chienne mourut de la rage; et peu après, la pauvre chatte qui refusait de boire et de manger, expira de la douleur d'avoir perdu son amie.

C'est ainsi qu'on a vu, plusieurs fois, au Jardin des Plantes, à Paris, un lion se laisser mourir de chagrin, parce qu'un jeune chien, son compagnon, avait lui-même cessé de vivre.

Linné et Buffon, deux grands naturalistes, ont donné le nom de *caracal* à une espèce du genre chat, connue encore sous celui de *lynx de Barbarie* ou *du Levant.*

Les Arabes, qui appellent cet animal le *guide* ou le *pourvoyeur du lion*, prétendent qu'il précède ce dernier de quelques pas, qu'il le conduit vers les endroits les plus abondants en gibier; et que, s'il en est éloigné, il jette un cri particulier, dont l'objet est de fixer l'attention du lion sur une proie qui va passer à sa portée. Le lion, pour prix des services du caracal, ne manque jamais de lui abandonner une partie de sa nourriture.

Il paraît que le lion, au Sénégal, fait choix d'un autre compagnon qu'on ne supposerait jamais aussi officieux.

Un voyageur anglais, Adanson, dit savoir, à n'en pas douter, que le loup s'associe avec le lion pour chasser. Il ajoute qu'on trouve souvent ensemble ces deux animaux, le long du Niger, fleuve de ce pays ; et que, cent fois, il a entendu leurs cris partis du même lieu. Il raconte, enfin, qu'une nuit, couchant dans une case de nègres, sur le toit de laquelle on avait mis sécher du poisson, un lion et un loup vinrent ensemble enlever une bonne partie de cette provision.

Adanson dit qu'il les distingua très-bien, et qu'il sut encore mieux qu'ils avaient marché côte à côte, en allant, le lendemain, examiner l'impression de leurs pas sur le sable.

Mais, me direz-vous, peut-être, ces derniers faits, si étranges, si intelligents qu'ils soient, se sont produits en vue d'un intérêt commun : celui de se saisir d'une proie, de satisfaire plus aisément et plus sûrement le besoin naturel de la faim, ce qui en atténue singulièrement l'importance.

Écoutez donc ; voici qui répond tout à fait à cette objection.

Il y a une vingtaine d'années, environ, un de mes

amis qui habitait Dijon, avait un chien de haute taille, de l'espèce des chiens de berger, et qui se nommait Mylord. Un jour, Mylord étant sorti avec son maître, rencontra par les rues un pauvre vieux caniche, crotté, fatigué, mourant de faim, complétement perdu, abandonné. Ému de compassion pour une telle misère, — vous allez voir que l'expression est juste, — Mylord s'arrête, regarde le chien, va à lui et, par des signes connus d'eux seuls, il l'engage à le suivre, marchant devant, se retournant, engageant encore son nouveau camarade à la confiance, reprenant son chemin, enfin disparaissant avec lui.

Quand mon ami rentra à la maison, il aperçut le pauvre chien couché dans la niche, mangeant la pâtée de Mylord, pendant que celui-ci, étendu devant lui, semblait se complaire dans la vue du malheureux qu'il avait secouru. Depuis lors, ils furent inséparables, et force fut à mon ami d'avoir deux chiens au lieu d'un[1].

Si vous vous intéressez à ce bon Mylord, je vous dirai que sa fin fut digne de sa vie. Son maître étant mort subitement, le chien l'accompagna à sa dernière demeure; il s'étendit sur sa tombe et y resta immo-

---

1. Nous croyons devoir, ici, assurer à nos jeunes lecteurs que nous avons un tel respect pour leur raison naissante que nous ne voudrions pas leur raconter des faits qui ne seraient pas authentiquement reconnus pour vrais. L'auteur de ce livre a, par exemple, été longtemps dans l'intimité de Mylord; il a vu de ses yeux le fait qu'il vient de relater. — A. H.

bile, sourd aux prières, insensible aux menaces. Il y mourut de faim. On fut tellement touché d'une telle affection, que sur la pierre tumulaire, au-dessous du nom du défunt, on cisela un chien, Mylord, étendu, la tête entre ses pattes de devant, et exhalant son dernier soupir sur la tombe de son maître.

Cette pierre se voit encore dans un angle du cimetière de Dijon.

VI

Voici un autre fait, non moins authentique que le précédent, et qui s'est passé devant un immense concours de peuple qui pourrait en témoigner.

C'était à Paris, sur le quai qui donne contre le pont Marie. De méchants enfants, comme il n'y en a que trop, avaient attaché une corde au cou d'un pauvre chien et l'avaient jeté à l'eau. Le malheureux animal se noyait, lorsque passa par là, avec son maître, un magnifique terre-neuve qui, d'un coup d'œil, vit la scène et comprit le danger qui menaçait l'autre chien. D'un bond, il se jette à la nage, atteint son confrère, le prend entre ses dents et le ramène sur la berge. Puis, comme un brave chien qu'il est, aussi modeste que dévoué, il se secoue et va se retirer.

Mais les petits bourreaux se sont emparés une seconde fois de leur victime, ne voulant point être privés de leur horrible passe-temps, ils la rejettent à l'eau et l'accablent de pierres.

Le terre-neuve a vu cette nouvelle attaque; ayant plus de cœur, à lui tout seul, sous sa peau de bête, que tous ces mauvais garnements ensemble, sous leur enveloppe humaine, il sauve une seconde fois son protégé; mais, l'ayant porté à terre, il ne l'abandonne plus, il se place à ses côtés, grondant, montrant les dents, et tout disposé à s'élancer sur ceux qui essaye-raient de renouveler cet acte de cruauté.

La foule applaudit, on tire les oreilles aux enfants qui se sauvent en toute hâte; un brave ouvrier s'ap-proche du chien sauvé des eaux, le flatte de la main et déclare qu'il le prend pour lui. L'intelligent terre-neuve s'est rendu compte de cette intention; il donne un coup de langue à son nouvel ami, il adresse un regard à l'ouvrier, et part à toutes jambes à la recher-che de son maître.

Je vous cite là, me direz-vous, des animaux dont l'intelligence est reconnue; soit, voyons ailleurs, chez les oiseaux, par exemple.

Dans les premiers jours du printemps de 1867, trois couples d'hirondelles étaient venus poser les premières assises de leurs nids sous la marquise qui abrite la porte d'entrée de la gare du chemin de fer, à Passy.

Les jolis petits oiseaux voletaient et passaient sans crainte au-dessus des voyageurs. Qui serait assez cruel pour faire du mal à une hirondelle? Les nom-

breux abonnés du chemin de fer suivaient avec intérêt les progrès de ces nids qui sont de merveilleuses
habitations aériennes. Mais un matin, on fut pénible-
ment surpris : l'un des trois avait été détruit par
quelque méchant gamin.

Les hirondelles se remirent courageusement à
l'ouvrage.

Le lendemain matin, le travail de la veille avait
encore été abattu. Si l'on avait tenu le mauvais garne-
ment qui s'acharnait ainsi contre d'innocentes bêtes,
on lui aurait tiré les oreilles d'importance ! Le chef de
gare, un excellent homme, était surtout furieux. Prenant les hirondelles sous sa protection, il fit placer
sous chaque nid une petite planche, de telle sorte qu'il
fût impossible de les atteindre.

Cependant le couple persécuté était en retard de
deux ou trois jours; les nids voisins étaient presque
terminés; quant au sien, il fallait le refaire entièrement.
Que se passa-t-il alors?

Les hirondelles de la gare tinrent conseil, sans
doute, et formant une société coopérative, elles se
mirent toutes ensemble à faire le troisième nid, et ne
touchèrent plus aux autres avant que le troisième couple fût complétement installé dans sa légère habitation. Plus de cent personnes ont suivi ce travail
intéressant et pourraient confirmer mon récit.

Ce n'est pas tout. Quelques jours après, un des nids
était vide; les petits s'étaient envolés et avaient

accompagné leurs parents à la chasse aux insectes; et c'était précisément le nid qui avait été détruit deux fois. Dans les autres, on voyait encore les petits qui montraient leur tête, mais sans oser s'aventurer dans les airs.

Le dévouement des hirondelles n'a donc pas été simplement instinctif; il dénote encore de l'intelligence. Ces pauvres petites bêtes ont compris que la persécutée était pressée de faire ses œufs, et toutes, elles se sont hâtées de préparer le lit de l'intéressante famille.

Et maintenant, mes chers enfants, osez me dire qu'en maintes circonstances, le cœur de quelques animaux n'est pas aussi admirablement doué que le cœur de bien des gens.

Surtout, n'allez pas vous méprendre sur le véritable sens de mes paroles; n'allez pas croire, comme l'a fait Thérèse, il y a quelques semaines, que je prétende placer les animaux au-dessus de l'homme. Vous vous tromperiez étrangement sur la portée de mes instructions.

L'homme a été si magnifiquement doué par le Créateur, que, quoi qu'il fasse, il ne peut effacer le sceau divin que Dieu lui a imprimé sur le front. Mais, tandis que certains hommes descendent du rang où ils sont placés, certaines créatures inférieures se haussent, au contraire, par l'élévation de leurs sentiments.

On faisait voir pour de l'argent, à Bruxelles, il y a quelques années, un microscope solaire dont les verres, soumis aux rayons du soleil, multipliaient je ne sais plus combien de milliers de fois la grosseur d'un objet qu'on y avait fixé. Si l'on avait pu y adapter la petite main de Léonie, elle aurait paru de la taille du palais du roi, pour le moins.

Ce qu'on y montrait le plus ordinairement, c'étaient des animalcules, c'est-à-dire de petits animaux imperceptibles à la vue; une goutte de vinaigre, de bière, etc., avec tous les infusoires contenus dans chacune d'elles. Car il est bon de vous apprendre qu'il existe bien d'autres animaux que ceux que vous voyez. Il y en a dans l'air que vous respirez, dans la boisson qui vous désaltère; il y en a sous votre peau, dans votre corps, partout, à l'infini. C'est à effrayer l'imagination !

Je voulus voir aussi cette merveille; et je me rendis dans l'établissement où était monté le microscope solaire. J'eus la bonne chance de m'y rencontrer avec un de ces savants qui étudient la nature jusque dans ses moindres créations. Il était précisément en train d'expliquer à quelques personnes, venues avec lui, les sublimes mystères de ce monde invisible, que l'on appelle le monde des *infiniment petits*. Vous jugez si j'ouvrais les oreilles pour profiter de cette belle et intéressante leçon.

Ce qu'il y avait, en ce moment, sur les verres de l'instrument, c'était une goutte de vase recueillie dans un étang bourbeux. Là dedans, une quantité d'animaux, gros comme des serpents, frétillaient à qui mieux mieux, se croisaient, se poursuivaient dans tous les sens, se livraient de véritables combats, naissaient, grandissaient et mouraient.

Oh ! mes enfants, que n'ai-je à ma disposition un instrument comme celui-là ! Du matin jusqu'au soir, je serais en face de lui, regardant, épiant, heureuse de découvrir ces mystères incomparables. Et je me jetterais à genoux, adorant Dieu dans ses créations, d'autant plus grandes, qu'elles semblent, et qu'elles sont, en effet, plus petites.

J'aurais bien voulu retenir par cœur toutes les belles choses exprimées par le savant visiteur. Mais mon instruction ne s'étend pas jusqu'en si haute matière. Je n'ai pour me guider que mon bon sens et mon cœur droit ; ces choses, si je les ai bien comprises, parce qu'elles allaient à mon cœur et à mon esprit, il m'a été impossible de retenir les termes choisis dont on s'était servi devant moi.

Cependant, j'essayerai de vous les rapporter tels quels; les mots manqueront certainement à mon récit, mais les idées y seront, et c'est l'essentiel.

Les infiniment petits sont innombrables comme les étoiles au firmament, comme les grains de sable sur toute l'étendue des mers, comme les gouttes d'eau au sein des nombreux océans; bien plus encore, puisque chaque goutte d'eau en contient des milliers.

Eh bien, chacun de ces animalcules a son existence particulière, ses organes qui lui sont propres; chacun d'eux a ses affections et ses haines, ses sympathies et ses antipathies, ses amis, ses alliés, ses adversaires. Là, se trouve en petit notre monde avec ses bons sentiments et ses mauvaises passions; et le Créateur a mis autant de soin à leur conformation qu'à celle de l'homme. Si ce n'était pas outrager Dieu pour qui tout est facile, je dirais même que la création de ces animaux microscopiques témoigne d'une intelligence divine vraiment supérieure.

N'y a-t-il pas plus de fini, plus de délicatesse, plus d'art, en quelque sorte, dans le mécanisme d'une de ces montres mignonnes que portent les dames, que dans les rouages d'une grosse horloge?

On se fera une idée du nombre incalculable de ces

petits êtres, quand on saura qu'une guêpe, une seule guêpe, d'après le calcul du docteur Thompson, de Philadelphie, absorbe par jour plus de *cent milliers* de ces infiniment petits.

Et, à ce propos, je dois m'élever contre l'ignorance des hommes qui, dans leur rage de destruction, se privent des meilleurs alliés que leur ait donnés la nature.

J'ai lu, dernièrement, dans les journaux, qu'un propriétaire offrait une prime pour chaque douzaine de guêpes dont on lui apportait les corps. Elles étaient trop friandes de ses raisins, piquaient ses poires, creusaient ses pommes.

Mais ces légers inconvénients sont, en réalité, bien minimes, en comparaison des services qu'elles rendent. D'après le même M. Thompson, les guêpes nous préserveraient, sinon de la mort, du moins de maladies fort graves, en s'attaquant à une multitude d'atomes semés dans l'air et, principalement, à une espèce de cirons imperceptibles qui s'attachent aux fruits et dont l'absorption causerait les plus graves désordres dans l'économie animale. J'ai dit que chaque guêpe en détruit par jour plus de cent milliers; c'est là un service d'autant plus précieux que ces petits animaux sont invisibles, et que l'homme est impuissant à opposer par lui-même la moindre digue aux envahissements de ces pionniers de la destruction.

Respectons Dieu dans toutes ses œuvres; respectons, aimons les animaux, parce qu'aussi bien que nous, ils sont sortis de la main de Dieu.

Ainsi parla le savant; retenez bien ces paroles-là, mes enfants, et du plus petit au plus grand parmi ceux que vos yeux peuvent apercevoir, de la fourmi au cheval, du puceron à l'éléphant, soyez bons pour les animaux, ne les tourmentez, ne les maltraitez jamais, car ils sont tous des créatures de Dieu.

II

— Frédéric, dit tante Émélie, en s'adressant à un petit bonhomme à la figure espiègle, pourrais-tu m'apprendre pourquoi tu as souri, à plusieurs reprises, pendant le cours de notre dernier entretien?

— Pardon, tante Émélie, répondit Frédéric, mais c'est que j'ai bien de la peine à croire que les petits animaux dont vous parlez soient aussi merveilleusement construits que vous le dites. Est-ce qu'une fourmi, par exemple, pourra jamais être comparée à un homme?

— Écoute, mon ami, ce que répond à ton objection M. Louis Figuier, un infatigable savant qui met la science à la portée des plus humbles intelligences. Il s'est longuement occupé de la force musculaire chez les insectes, et il nous prouve que, sous ce rapport, quelques-uns sont bien plus favorisés que les hommes.

Une puce, nous dit-il, n'a pas plus de deux millimètres de longueur, et elle fait des sauts d'un mètre; c'est tout au plus si tu en ferais autant, toi qui es cependant bien plus grand et plus fort.

La plus haute des pyramides d'Égypte n'a que 146 mètres d'élévation, ce qui fait à peu près *quatre-vingt-six* fois la hauteur moyenne de l'homme; tandis que les nids des termites ont une hauteur *mille fois* plus grande que la longueur des insectes qui les élèvent. Ces deux chiffres peuvent-ils se comparer?

Enfin, dit M. Louis Figuier:

« Ces phénomènes qui nous étonnent se comprendront peut-être mieux, si l'on songe aux résistances que les insectes ont à vaincre pour satisfaire leurs besoins, pour chercher leur nourriture, se défendre contre leurs agresseurs, etc. Il est probable que l'étude approfondie de l'organisation des êtres inférieurs nous réserve encore bien des surprises, et fera disparaître bien des préjugés.

» Ces petites machines vivantes sont merveilleusement construites pour le travail et pour la guerre. Leur rendement en force vive est infiniment supérieur à celui de tous les autres animaux. A plus forte raison l'emporterait-il sur celui des machines que nous construisons pour remplacer les bras de l'ouvrier. Les insectes représentent la force portative par excellence.

Ces ouvriers de Dieu sont infiniment plus puissants
que ces ouvriers de l'homme que nous appelons les
machines. »

— Qu'est-ce donc que ces termites dont vous venez de nous parler, chère tante? demanda un des
enfants.

— C'est le nom d'une espèce de fourmi ; et puisque nous en revenons à ces insectes, je ne puis ré-
sister au désir de vous montrer combien ils sont admirablement organisés.

Un observateur, M. Jules Levallois, assure que les
fourmis peuvent communiquer entre elles au moyen
de leurs antennes (petites cornes qu'elles portent à la
tête) ; et à l'appui de son opinion, il cite le fait suivant :

« ..... C'était une tribu de fourmis blondes établies
dans le gazon au bord d'une allée. Depuis quelques
jours, je les observais. Je voulais résoudre un pro-
blème qui m'inquiétait extrêmement. Comment peu-
vent-elles s'aventurer loin de l'habitation, à des distances relativement énormes, et ne jamais hésiter sur
la route à tenir lorsqu'il s'agit de revenir sur leurs
pas? Voilà ce que je tenais à savoir. C'est vraiment
une question difficile ; et, plus tard, j'ai eu le plaisir
de voir que les savants qui s'en sont occupés, sans
arriver à une solution satisfaisante, attribuaient cette
faculté à l'acide formique que dégage l'insecte pendant sa marche et qui lui sert exactement comme au

renard ou au chien à retrouver sa route. C'est aussi ce que j'avais imaginé de plus plausible, de plus raisonnable. »

— Ainsi, dit tante Émélie, en manière de réflexion, l'odeur dégagée par ces insectes, pendant leur marche, serait pour eux comme les cailloux dont se servait le petit Poucet pour reconnaître son chemin, au milieu des bois.

Mais continuons l'intéressante narration de M. Levallois.

« Un jour, je suivais depuis assez longtemps une de mes fourmis. Elle s'était fort éloignée de la fourmilière et ne semblait pas disposée à y retourner de si tôt.

» Au beau milieu de l'allée, elle vint à rencontrer le cadavre d'un gros limaçon. Elle commença par en faire le tour, puis monta sur son dos, le parcourut, et après un complet examen, au lieu de poursuivre sa course en avant, elle reprit immédiatement la direction de la fourmilière.

» A moitié chemin, elle trouva une de ses compagnes. Aller à elle, choquer, ou plutôt frotter antennes contre antennes avec une extraordinaire animation, fut fait en un clin d'œil. Autant en arriva pour une seconde, pour une troisième. A mesure que la première fourmi les quittait, les autres se dirigeaient en toute hâte vers l'endroit où gisait le limaçon.

» Bientôt elle entra dans son habitation, et je la perdis de vue, mais il est à croire qu'elle y continua le même travail d'avertissement et d'excitation, car une interminable file de gaillardes, très-disposées à prendre leur part du festin, ne tarda pas à se diriger du côté de la proie indiquée.

» Dix minutes après, le limaçon disparaissait sous une foule jaunâtre et grouillante de fourmis ardentes à la curée; le soir, il n'en restait plus trace. »

— Est-il vrai, tante Émélie, demanda Lucienne, que certaines fourmis ont des troupeaux de pucerons dont elles sucent la liqueur douce comme le miel, qui est un des caractères de ces petits insectes; est-il vrai encore que d'autres aient pour esclaves des fourmis étrangères qu'elles ont vaincues dans un combat, et auxquelles les premières font exécuter leurs travaux les plus pénibles. J'ai lu cela dans un livre de voyages, mais je ne sais trop si l'on doit croire un tel récit.

— Rien n'est plus vrai, et le *Courrier des États-Unis*, un journal qui m'est tombé hier sous la main, en certifiant précisément les faits que tu viens de signaler, nous apprend encore que certaines fourmis du Texas ont l'art de semer, autour de leurs demeures, une graminée de l'espèce la plus humble, il est vrai, mais qui suffit pour produire des récoltes appropriées à la taille des vaillantes semeuses.

Ces agriculteurs lilliputiens font la moisson dès que leurs blés sont mûrs, les dépouillant avec soin

des enveloppes ou de la paille dont ils n'ont que
faire.

Les fourmis mettent ces grains dans des greniers,
où ils sont bien mieux soignés que dans les nôtres ;
car il n'y a pas de charançon qui puisse s'y glisser
sans être aperçu et dévoré par les propriétaires.

Je sais bien que ce dernier trait peut paraître un peu
fort, et qu'on est en droit, jusqu'à un certain point, de
le taxer d'exagération. N'ayant pas été à même de le
vérifier de mes propres yeux, je ne saurais vous en
garantir l'authenticité.

Mais prenez la peine d'étudier de près les insectes ;
voyez avec quelle habileté l'araignée tisse sa toile,
comme elle sait lui donner une forme toute particulière
selon les endroits où elle la dispose, selon le gibier
qu'elle veut y prendre. Voyez avec quelle adresse les
plus faibles savent trouver leur nourriture, avec quelle
prudence ils cherchent, en même temps, à éviter les
piéges que leur tendent leurs ennemis.

N'est-il pas vrai, mes enfants, que tout cela est admirable, et que, même dans ses plus humbles créations, Dieu manifeste sa puissance, sa sagesse et sa
bonté infinie?

Je ne puis donc que vous répéter ce que je vous
disais dernièrement :

Respectons Dieu dans toutes ses œuvres !

Depuis huit jours, j'ai revu les notes dont je vous ai parlé, et que j'ai recueillies au fur et à mesure que je trouvais, dans mes lectures, de belles pensées ou des faits intéressants. Il en est que je ne puis me décider à vous taire, car elles sont, en quelque sorte, un résumé de ce que nous avons appris jusqu'à ce jour; et elles auront pour effet de graver plus profondément mes leçons dans votre mémoire.

Tous les passages que je vais vous citer, et que j'ai pris çà et là, tendent à prouver deux choses :

1° Les animaux sont intelligents;

2° Les animaux sont affectueux.

Ce dernier point, nous avons eu déjà l'occasion de l'établir d'une façon précise; mais il n'est pas mal d'y revenir quelquefois; on ne saurait trop attester aux enfants que la bête, qu'ils paraissent dédaigner si fort, est susceptible d'éprouver un sentiment véritablement affectueux.

Les animaux sont intelligents !

« Comment, dit Mme de Staël, dans son livre de l'*Allemagne*, comment peut-on considérer les animaux, sans se plonger dans l'étonnement que fait naître leur mystérieuse existence ?

» Dans quel but ont-ils été créés ? que signifient ces regards qui semblent couverts d'un nuage obscur, derrière lequel une idée voudrait se faire jour ? »

Voilà ce qu'a écrit cette dame célèbre, contemporaine de l'empereur Napoléon Ier. Malgré tout le respect que je dois à son talent et que j'ai pour ses ouvrages, je ne suis pas entièrement de son avis, quand elle parle des regards des animaux, qui semblent couverts d'un nuage obscur.

Est-il donc obscur, le regard de votre chien, lorsque celui-ci accourt joyeux, à votre voix ; ou lorsqu'il rampe, en tremblant, sous votre menace? un regard humain pourrait-il exprimer avec plus d'éloquence le plaisir ou la crainte ?

Ce qu'il y a de vrai, c'est que : bon sentiment, ou mauvais instinct, tout se lit parfaitement dans l'œil de certains animaux. Seulement, il faut se donner la peine d'y regarder avec attention.

Je continue mes citations.

Georges Cuvier, un illustre naturaliste, s'exprime ainsi, en parlant de l'intelligence chez les animaux.

« Les animaux les plus parfaits sont, certainement, au-dessous de l'homme pour les facultés intellectuelles, et il est cependant certain que leur intelli-

gence exécute des opérations du même genre; ils se
meuvent en conséquence des sensations qu'ils reçoivent; ils sont susceptibles d'affections durables; ils
acquièrent, par l'expérience, une certaine connaissance
des choses, d'après laquelle ils se conduisent, indé-
pendamment de la peine et du plaisir actuel, et par la
seule prévoyance des suites.

» En domesticité, ils sentent leur subordination,
savent que l'être qui les punit est libre de ne pas le
faire, prenant devant lui l'air suppliant quand ils se
sentent coupables, ou quand ils le voient fâché! Ils se
perfectionnent ou se corrompent dans la société de
l'homme ; ils sont susceptibles d'émulation et de
jalousie; ils ont entre eux un langage naturel, qui
n'est, à la vérité, que l'expression de leurs sensations
du moment; mais l'homme leur apprend à entendre
un langage beaucoup plus compliqué, par lequel il
leur fait comprendre ses volontés, et les détermine à les
exécuter.

» En un mot, on aperçoit, dans les animaux supérieurs, un certain degré de raisonnement avec tous ses
effets bons ou mauvais, et qui paraît être, à peu près,
le même que celui des enfants, lorsqu'ils n'ont pas
encore appris à parler. »

Ces pensées sont, peut-être, bien élevées, ces expressions bien recherchées pour vous, mes enfants; mais il
n'est pas inutile de vous habituer, de temps en temps,
à entendre un langage supérieur à celui qui, journel-

lement, frappe vos oreilles ; cela forme votre esprit et votre goût.

Une dernière note dont je ne me rappelle plus la provenance.

« A ceux qui veulent que les actions des animaux soient purement mécaniques, on répond par notre expérience de tous les jours.

» Un chien, battu pour s'être jeté sur un plat de viande, n'y touche plus. Le chien a donc connaissance de son action ; au lieu d'agir comme un automate poussé par un ressort, il est nécessaire que l'animal fasse un raisonnement. Il faut qu'il compare le présent avec le passé, et qu'il en tire une conclusion. Il faut qu'il se souvienne des coups qu'on lui a donnés et de l'occasion pour laquelle il les a reçus. Il faut qu'il soit convaincu que, s'il dérobait un nouveau morceau de viande, il ferait la même action qu'il a déjà commise et qui fut la cause des coups ; et qu'il conclue, enfin, que, pour éviter d'être encore battu, il doit s'abstenir de toucher à ce qui l'allèche.

» Peut-on, par conséquent, expliquer un tel fait par la simple supposition d'un instinct qui ne réfléchit en aucune façon sur ses actes, qui ne sait ni comparer, ni conclure ? Il en est ainsi d'une multitude de faits du même genre, qu'on démontrerait sans peine, et qui seraient, peut-être, plus convaincants encore. »

Donc, les animaux sont doués, jusqu'à un certain point, de la réflexion ; donc, ils sont intelligents.

II

Les animaux sont affectueux.

Voici, précisément, ce que je lisais, ce matin, dans une revue pittoresque, à propos des sentiments d'affection dont certains animaux sont largement doués.

« —Eh ! quand je ne l'aurai plus, qui donc m'aimera ? disait tristement un pauvre homme à qui l'on conseillait de se séparer de son chien qui, chaque jour, dévorait la moitié du pain de l'aumône

» Il y a une nature tout à fait particulière d'attachement entre l'homme malheureux, abandonné de tout le monde, et l'animal qu'il associe à sa misère.

» Dans la maison du riche, le chien, par exemple, abondamment nourri, chaudement logé, peigné, lavé avec un soin extrême, n'a guère, ordinairement, qu'une affection de domestique pour ses maîtres. On reçoit mal ses caresses, ou bien on les rend du bout des doigts ; il en est lui-même peu prodigue, parce qu'il semble comprendre qu'elles sont inutiles et importunes, là où il n'y a, le plus souvent, ni bonheur ni malheur expansif, là où tout est plus froid et plus uniforme à l'extérieur.

» —A bas, à bas ! dit-on durement, de peur qu'il ne froisse ou ne salisse les vêtements.

» — Hors d'ici, à la cour, au chenil ! crient deux ou

trois voix, dès qu'il se remue au salon, ou dès que ses sourds grognements essayent d'exprimer une plainte, une joie ou un désir

» On s'en amuse quelques instants, on s'en fatigue vite. On l'oublie souvent, un jour entier ; et, de son côté, il s'habitue aussi à oublier.

» Avec le pauvre, c'est toute une autre vie. La pluie, la poussière, le froid, la faim, les mauvais traitements, 'on souffre tout à deux. Il n'y a point là de maître ni de serviteur ; il y a deux êtres qui ont à supporter un même sort, heureux ou malheureux. Ils espèrent, ils désespèrent ensemble. Quand vient la faim, quand vient le froid, ce sont des deux côtés la même impatience et la même douleur, les mêmes alternatives de crainte, les mêmes plaintes suppliantes.

» Voyez les regards du chien de l'aveugle, quand il s'arrête à vous présenter la sébile de bois qu'il tient entre ses dents, et tandis qu'il penche la tête en gémissant ! Personne ne lui a appris à regarder de cette triste façon. Comme il est attentif au moindre de vos gestes ! comme il tarde à renoncer au secours qu'il attendait de vous !

» Voyez, les soirs d'hiver, comme au coin de la borne, le pauvre singe se presse contre le petit Savoyard ; leurs yeux mornes s'interrogent et se répondent dans une même angoisse.

» Combien d'exemples de cet attachement singulier ne s'offrent pas à nous chaque jour !

» On rencontrait, il y a quelque temps, dans les rues de Paris, un mendiant privé de jambes, informe, se traînant sur les mains, en chantant un refrain lamentable; un âne, attelé à une petite charrette sur laquelle était un orgue de Barbarie, cheminait à pas lents, derrière son maître. Un jour, je vis le pauvre animal, passant sa tête au-dessus de l'épaule du cul-de-jatte, le caresser et converser avec lui à sa manière.

» — Bien! bien! veux-tu finir? répondait le mendiant, avec une parole amicale.

» Certainement, cet homme aurait pu dire avec vérité de la foule affairée, ou détournant les yeux pour ne pas voir sa détresse :

» — Est-il un seul d'entre tous ces hommes, qui puisse m'aimer autant que mon âne, et s'intéresser a moi, comme le fait cette excellente bête? »

On a raconté bien souvent des faits qui témoignaient de l'attachement porté par des chiens à leurs maîtres; mais on croit, en général, les oiseaux moins accessibles aux sentiments affectueux. J'ai pu observer moi-même ou recueillir des preuves du contraire.

J'ai vu des canards, tellement apprivoisés, que l'un d'eux n'acceptait sa nourriture que de la main de la servante qui le soignait; il témoignait bruyamment sa joie ou sa tristesse, chaque fois qu'il la voyait arriver ou disparaître. Un autre, élevé par une vieille demoiselle, à la campagne, obéissait à sa voix, se promenant à sa suite comme un chien bien dressé; il la suivait même, tous les dimanches, jusqu'à la porte de l'église. Là, il s'arrêtait de lui-même, et attendait la femme de chambre qui le reconduisait à la maison.

Au commencement du printemps dernier, M. X..., propriétaire à Maisons-Alfort, recueillit un pauvre petit moineau tombé accidentellement de son nid. M. X... en prit un soin extrême, et lorsque les forces furent venues à l'oiseau avec la pousse de ses ailes, on lui donna la clef des champs. Depuis, chaque jour, on l'a vu revenir au toit hospitalier : le matin, pour prodiguer ses caresses matinales à son bienfaiteur, et recevoir quelques petites gourmandises ; le soir, à la tombée du jour, pour prendre encore quelques bonnes becquées qui lui étaient préparées.

Quand les croisées sont fermées, le moineau s'annonce par un petit roulement qu'il exécute sur les vitres à l'aide de son bec. Aussitôt que M. X... entend le signal, il ouvre à son ami, et celui-ci fait son entrée en exprimant toute sa joie par son gazouillement.

Ces jours derniers, M. X... tomba malade et fut obligé de garder le lit pendant quelque temps. L'oiseau, jusqu'à parfaite guérison de son bienfaiteur, n'a pas quitté le logis de ce dernier, cherchant à l'égayer par ses chants et ses gentillesses.

Les journaux anglais viennent de nous révéler un exemple d'affection même chez une bête féroce. Voici le fait tel qu'il est raconté par l'*Union* de Rochester.

Pendant la représentation du Grand-Cirque de

MM. Thayer et Noyes, un accident épouvantable est
arrivé. Les lions venaient d'être amenés dans une
grande cage, au milieu du cirque. M. Charles White
entra résolûment dans cette cage et les exercices com-
mencèrent. Tout allait comme d'habitude, lorsque le
dompteur remarqua que l'un des lions paraissait peu
empressé d'exécuter la voltige, et le regardait même
d'un œil menaçant.

M. White se mit à jouer de la cravache. L'animal
bondit brusquement et renversa sur le plancher le
malheureux dont il laboura le corps avec ses griffes
aiguës. Alors commença une scène terrible. Tous les
lions, devenus furieux, poussaient des rugissements et
paraissaient s'apprêter à se joindre à leur compagnon
de captivité, contre leur maître.

Tout à coup, l'un d'eux, Néron, le préféré du dompteur, vint à son secours, en attaquant le lion agres-
seur. Les employés de la ménagerie purent enlever
M. White qui, tout sanglant, fut porté à l'hôpital. Ses
blessures sont nombreuses et profondes ; néanmoins
on ne désespère pas de lui conserver l'existence qu'il
doit déjà à l'intervention courageuse, à l'amitié de son
lion Néron.

Après un tel exemple, il est bien permis d'assurer
que les animaux sont accessibles aux sentiments
affectueux.

Avant d'aller plus loin, mes enfants, je crois devoir m'assurer que vous avez bien compris, bien retenu ce que nous avons dit dans le cours de nos premiers entretiens. Il ne suffit pas d'écouter avec attention, ce qui est déjà quelque chose ; il faut encore réfléchir sur ce que l'on a entendu ; il faut en coordonner toutes les parties dans sa tête, et les y graver, afin que, l'occasion se présentant, on puisse en faire son profit.

Tous, vous avez été fort attentifs à mes petites instructions, je me plais à le reconnaître. Voyons ce qu'il ressortira de tout cela. Je vous donne la parole ; causez entre vous de ce que je vous ai dit ; faites comme si je n'étais pas là, donnez carrière à vos réflexions. Mais pas de cris, pas de tapage ! parlez les uns après les autres, comme font les personnes bien élevées ; et n'oubliez pas que rien n'est plus incivil que de couper la parole à quelqu'un.

Vous y êtes ? c'est bien. Julienne, tu es la plus

grande, la plus raisonnable, c'est à toi de mettre en train la conversation et de la diriger un peu.

JULIENNE.

N'êtes-vous pas étonnés, mes amis, de toutes les choses nouvelles que nous a apprises notre bonne tante Émélie ? Pour moi, je n'en reviens pas ; il y a, dans tout cela, une quantité de merveilleux mystères au milieu desquels nous vivions, sans nous douter de leur existence.

SIMON.

C'est égal, ce qui m'a le plus surpris, c'est encore la part de gâteau que l'on a donnée à ce vilain chien.

JULES.

Pourquoi dis-tu qu'il était vilain ?

SIMON.

Dame ! il était tout crotté !

JULES.

Parce qu'il avait beaucoup marché par les mauvais chemins.

SIMON.

Il était si vieux qu'il pouvait à peine se tenir sur ses pattes.

FÉLIX.

Simon, ce n'est pas bien, ce que tu dis là. La vieillesse n'est point une laideur. S'il était possible de comparer ensemble les gens et les bêtes, voici ce que je te répondrais : Le vieux père Jérôme n'est-il pas bien beau, malgré ses quatre-vingt-six ans, lorsque, le dimanche, à l'église, il incline sa tête blanche pour recevoir la bénédiction du Saint-Sacrement?

MICHELINE.

Et la mère Arsène, qui a soixante-dix-sept ans sonnés, n'est-elle pas bien belle aussi, lorsque, dans son grand fauteuil, elle fait, avec son bon regard et sa douce voix, réciter le catéchisme aux petits enfants?

JULES.

Tu vois bien, Simon, que ta raison est mauvaise; on n'est point laid, parce qu'on est vieux.

MAURICE.

Mais on est toujours laid, lorsqu'on est méchant.

SIMON.

Ça n'empêche pas que le gâteau devait appartenir à un pauvre, et qu'on l'a donné à un chien.

GEORGES.

C'est-à-dire qu'on l'avait mis de côté pour une créature malheureuse; à ce titre, la pauvre bête le méritait bien.

CHARLES.

Qu'est-ce qu'un pauvre aurait fait de ce petit morceau? il n'y avait pas là de quoi apaiser sa faim. D'ailleurs, tante Émélie est si bonne, qu'elle ne laisse point de pauvres dans le quartier.

BENOITE.

Je vois ce que c'est; Simon est jaloux. Il ne se récrierait pas tant, si on lui avait donné cette part-là, à lui.

SIMON.

Moi ! par exemple !

RENOITE.

Certainement ; il y a longtemps que je me suis aperçue de ta gourmandise. Eh bien ! c'est un fort vilain défaut : un gourmand est tout ce qu'il y a de plus laid au monde.

JULIENNE.

Voyons, la paix ! nous ne sommes pas ici pour nous dire des choses désobligeantes. Laissons chacun se corriger des défauts qu'il peut avoir, et tâchons, avant tout, de faire attention aux nôtres.

LÉON.

Bien dit, Julienne, tu es la plus sage d'entre nous. Tante Émélie eut raison de te donner la direction de notre petite causerie.

II

JULIENNE.

Pour en revenir au pauvre chien, il me semble que j'ai compris dans quelle intention tante Émélie lui a accordé cette faveur qui excite si fort la colère de Simon. Je crois qu'elle a saisi tout simplement un prétexte pour entrer dans le sujet dont elle voulait nous entretenir.

LÉON.

Tu pourrais bien avoir raison, Julienne. Notre bonne tante cherche à nous inspirer de l'amitié pour les animaux; elle a voulu frapper notre esprit, en commençant ses leçons par cet acte de compassion.

SIMON.

Nous inspirer de l'amitié pour les animaux! voilà du temps bien employé! les bêtes méritent-elles qu'on se donne tant de peine pour elles?

FÉLIX.

Et pourquoi pas, s'il te plaît?

SIMON.

Mais parce que... parce que... parce que ce sont des bêtes!

BENOITE.

Juste! c'est la réponse faite par tous les méchants et par tous les ignorants; tante Émélie nous l'avait bien dit.

FÉLIX.

Les bêtes! les bêtes! tiens, veux-tu que je te dise, Simon : Il y a des bêtes qui valent beaucoup mieux que certaines gens.

SIMON.

Pour le coup, ceci est trop fort

FÉLIX.

C'est tout simplement vrai; et je le prouve.

L'année dernière, maman fit une longue maladie. Elle souffrait tant, ma pauvre chère mère, qu'on était

tout chagrin lorsque l'on sortait d'auprès d'elle. Est-ce
pour cela que tant de gens à qui elle avait rendu, bien
des fois, de grands services, semblaient l'oublier, et
négligeaient de venir prendre des nouvelles de sa santé,
comme ils auraient dù le faire ?

JULIENNE.

Ils étaient du nombre de ceux qui pensent que
tout leur est dû ; mais qu'en retour, ils ne doivent
rien aux autres.

ALFRED.

Des égoïstes !

BENOITE.

Et des ingrats !

FÉLIX.

Pendant qu'ils agissaient avec aussi peu de cœur,
notre pauvre Phanor, un vieux chien que nous avons
à la maison, depuis onze ans, ne s'est pas éloigné
du lit de maman. Gémissant tout bas, lorsqu'il la
voyait souffrir ; se montrant joyeux, quand elle paraissait mieux portante ; il se tenait, des heures entières,
la tête appuyée sur la main fiévreuse de la malade,
et roulant de grosses larmes dans ses yeux.

Je le répète ; une bête comme celle-là, vaut cent
fois mieux que bien des gens.

JULIENNE.

Ne poussons pas les choses à l'extrême. Ce que dit
Félix peut être vrai, bien souvent ; mais nous devons,
par-dessus tout, aimer nos semblables. Toutefois, il

nous faut accorder aussi quelque intérêt aux animaux, ne serait-ce que pour reconnaître l'affection, le dévouement qu'un grand nombre d'entre eux nous témoignent.

LÉON.

Quant à moi, ce qui fait que je les aime, c'est que, selon leur nature, on rencontre parmi eux des faibles, des timides, mais qu'on n'en voit que très-peu de lâches. La lâcheté me paraît un défaut tellement vil, que je la méprise partout où je la signale, et que je sais bon gré aux animaux de ne pas nous en fournir de nombreux exemples.

MAURICE.

Beaucoup, au contraire, sont fort courageux. On a cité, comme modèles, des pies, des poules, que sais-je encore! Essayez donc, comme je l'ai fait, un jour, ne me rendant pas compte de la mauvaise action que je commettais, de vouloir enlever des œufs d'une fourmilière; vous verrez comme vous serez arrangés.

MICHELINE.

Les vaillantes fourmis protégeaient leurs enfants!

Voilà ce qui me plaît, dans les animaux; c'est cette tendresse dévouée, cette abnégation sublime de la mère, qu'ils possèdent au fond du cœur. Rien que pour un tel sentiment qui les rapproche si bien de la créature humaine, je ne permettrai plus, désormais, qu'on leur fasse, devant moi, le moindre mal.

III

FÉLIX.

Moi, j'aime les animaux, parce qu'ils sont intelligents. On les appelle des bêtes; mais à propos de ces bêtes-là et de bien des hommes qui les appellent ainsi, peut dire comme dans une fable de La Fontaine :

Le plus bête des deux n'est pas celui qu'on pense

SIMON.

Bon ! voilà, maintenant, Félix qui va décerner aux animaux, un... un... Comment dit-on

JULIENNE.

Un diplôme de bachelier ?

SIMON.

Juste !

FÉLIX.

Non, Simon, non, je ne délivrerai pas aux animaux un diplôme de bachelier, comme tu dis, ou plutôt comme a dit Julienne. Ils ne connaissent ni le latin, ni le grec, ni toutes les choses qu'il faut apprendre pour mériter une telle distinction. Mais, si bêtes qu'elles soient, elles en savent, quelques-unes du moins, plus long que toi et moi; c'en est assez pour que je les considère avec quelque respect, et surtout avec beaucoup d'admiration.

SIMON.

Les animaux en savent plus long que moi ! Es-tu
fou, de dire une telle énormité ?

BENOITE

Mais certainement, Félix a raison.

SIMON.

Allons donc ! je sais lire et écrire, moi ; va me chercher un animal qui en fasse autant.

BENOITE.

Et le chien *Munito ?* ce beau caniche blanc qui lisait
sur une ardoise ce qu'on lui commandait de faire ; et
qui écrivait la réponse...

SIMON.

Tenant gravement une plume, entre ses pattes ;
n'est-ce pas ?

BENOITE.

Non, monsieur le rieur ; mais retirant avec ses
dents, certaines lettres d'un alphabet en carton ; et
en formant des mots, et avec l'orthographe encore ;
entendez-vous bien, monsieur Simon, avec l'orthographe.

SIMON.

Certainement, que j'entends bien ; la belle malice !
ce n'est déjà pas si difficile, l'orthographe.

LÉON.

Et le calcul ! malin que tu es ! Sais-tu seulement
combien font quatorze fois deux-cent-soixante-neuf ?

SIMON.

Donne-moi une feuille de papier et un crayon; tu verras bien...

BENOITE

Qu'il se trompera.

LÉON.

Eh bien, sans crayon, sans feuille de papier, mon papa le lisait l'autre soir, dans un journal, il y a des oiseaux qui font très-bien ce calcul-là, et qui ne se trompent pas.

SIMON.

Des oiseaux!

LÉON.

Des serins, des mésanges, des linottes, et beaucoup d'autres, élevés, instruits par une jeune demoiselle que l'on a surnommée : *La fée aux oiseaux.*

SIMON.

Je ne croirai jamais cela.

JULIENNE.

Et tu auras tort, Simon ; car rien n'est plus vrai. Seulement, il ne faut pas admettre, mes amis, que les animaux dont on vient de parler, lisent réellement, écrivent ou calculent. A force de patience, leurs maîtres sont parvenus à leur faire comprendre, au moyen de certains signes connus d'eux seuls, et imperceptibles pour les spectateurs, quels cartons, quelles lettres, quels chiffres ils doivent choisir entre tous.

Cet unique résultat, tout dépourvu qu'il soit du merveilleux qu'on lui attribuait, dit assez encore ce qu'est l'intelligence des animaux, et à quel point il est possible de la pousser.

Mais la chose à laquelle vous ne paraissez pas assez songer, celle qui fait que, pour moi, les animaux sont respectables, c'est que tous ont été créés par Dieu. Les maltraiter, user de cruauté envers eux, c'est toucher d'une main sacrilége à l'œuvre divine ; et, pour beaucoup, je ne voudrais pas me rendre coupable d'une pareille faute.

Quand on pense que c'est de la même bouche que sont tombées ces paroles qui nous ont donné l'existence :

— Que l'homme soit !

Et celles-ci, par exemple :

— Que le cheval et le chien soient !

Il me semble que cela suffit pour établir, entre le premier et les derniers, une sorte de fraternité, inférieure si l'on veut, mais assez intime toutefois, pour mériter à ceux-ci toutes les compassions de celui-là.

BENOITE.

Eh bien, Simon, qu'as-tu à dire à cela ?

SIMON.

Je dis... je dis... qu'on les aimera aussi les animaux, puisqu'on ne peut pas faire autrement, sous peine de passer pour un méchant, et un mauvais cœur.

Tout en allant et en venant, je n'ai pas perdu un mot de vos trois entretiens, mes enfants ; et je suis heureuse de vous dire combien je suis satisfaite des réflexions que je vous ai entendu émettre. Je suis surtout bien contente de toi, ma chère Julienne, parce que ce qui t'a frappée le plus, ce que tu as le mieux retenu et le mieux exprimé, c'est ce profond respect pour les œuvres de Dieu lui-même, qui doit s'emparer de nous, quand nous observons de près un animal, quelque infime qu'il soit, quelque misérable qu'il paraisse.

Vous êtes maintenant, mes amis, sur ce point-là, aussi instruits que je vous désirais ; et je pourrais en rester là s'il ne s'agissait que de vous seuls. Je suis bien convaincue qu'à partir de ce moment, il n'y en a pas un, pas même Simon, que je soupçonne de s'être fait, par esprit de contradiction, plus méchant qu'il n'est en réalité, pas un seul de vous, dis-je, ne serait capable de faire volontairement et à plaisir du mal à une pauvre bête.

Mais je n'ignore pas que nos conversations dépassent de beaucoup les quatre murs de ce petit salon. Vous en causez chez vos parents; vous en parlez avec vos camarades, avec tout le monde, enfin. Chacun répond suivant son caractère : les uns me donnent raison; les autres me donnent tort; et ces derniers, par leurs railleries, peuvent arriver à ébranler vos convictions naissantes. Il ne faut pas qu'il en soit ainsi. Bien loin qu'ils vous gagnent à leur incrédulité, à leur méchanceté, il faut que vous les entraîniez dans votre parti qui est tout de bon cœur, de raisonnement et de compassion.

C'est pour obtenir un aussi heureux résultat que je ne veux point m'arrêter en si bon chemin. Seulement, au lieu de faire appel au sentiment, comme je l'ai fait jusqu'à ce jour, je vais m'adresser à l'intérêt, à l'égoïsme des hommes.

L'égoïsme !

Quel horrible mot, mes enfants; et quelle chose plus horrible encore !

Ne penser qu'à soi; n'aimer que soi; reporter tout à soi; soi, toujours soi! c'est le fait d'un mauvais cœur, d'une âme sèche, incapable de ressentir aucun mouvement généreux.

Un profond penseur, La Bruyère, a écrit ceci :

« L'égoïste ne vit que pour soi, et tous les hommes

sont à son égard comme s'ils n'étaient point... Il tourne tout à son usage... Tout ce qu'il trouve sous sa main lui est propre..... Il embarrasse tout le monde, ne se contraint pour personne, ne plaint personne, ne connaît de maux que les siens... ne pleure point la mort des autres, n'appréhende que la sienne, qu'il rachèterait volontiers de l'extinction du genre humain. »

De son côté, M. Ballanche, un grand esprit de notre époque, s'exprime de la manière suivante :

« L'égoïsme est une sorte de vampire qui veut nourrir son existence de l'existence des autres. »

Quand je vous aurai dit qu'on donne le nom de *vampires* à des êtres chimériques que la superstition populaire fait sortir des tombeaux pour sucer le sang de personnes endormies, vous apprécierez à sa juste valeur la comparaison faite entre ce monstre et l'é- goïsme, et vous préserverez vos cœurs, avec le plus grand soin, des atteintes d'un vice aussi odieux.

Mais s'il nous faut mépriser, ou, pour parler plus chrétiennement, si nous devons plaindre l'égoïste; nous sommes bien forcés de reconnaître que, jusqu'à un certain point, il peut être permis de se montrer intéressé dans les affaires de la vie.

Eh bien, c'est à cet intérêt même que je prétends m'adresser, pour plaider auprès de tout le monde la cause de mes pauvres animaux.

Je vous dirai quels services ils nous rendent, soit

qu'ils obéissent à nos instructions, soit qu'ils suivent seulement les lois providentielles de la nature. Vous comprendrez, alors, quelle reconnaissance nous leur devons ; vous propagerez mes petits enseignements, et je pense qu'ils ne seront pas perdus pour tous.

Que la conviction se fasse dans les esprits, au moyen des bons sentiments, ou par de sordides instincts d'intérêt ; l'essentiel est que les esprits s'ouvrent à elle, que les cœurs la reçoivent ; que l'humanité tout entière arrive un jour à se dire :

Aimons les animaux, parce qu'ils sont bons !

Ou bien encore :

Protégeons les animaux, parce qu'ils nous sont utiles !

Oui, les animaux, ou tout au moins une grande partie, sont doués de bons sentiments.

Je pense vous en avoir donné assez de preuves, vous en avoir cité assez d'exemples. J'ai donc tout lieu d'espérer que déjà, sur ce point, votre éloquence ne se trouvera pas en défaut, si vous avez jamais l'occasion de plaider leur cause auprès de gens incrédules, comme il y en a encore beaucoup trop, malheureusement.

Oui, les animaux nous sont utiles ; quelques-uns nous sont même indispensables. Sans eux, notre existence ne serait qu'une longue suite de fatigues pénibles, de privations continuelles, de misères enfin.

C'est ce qu'il me reste à vous prouver.

« Les cloches du hameau se font entendre, les villageois quittent leurs travaux, le vigneron descend de la colline, le laboureur accourt de la plaine, le bûcheron sort de la forêt ; les mères, fermant leurs cabanes, arrivent avec leurs enfants, et les jeunes filles laissent leurs fuseaux, les brebis et les fontaines pour assister à la fête.

» On s'assemble dans le cimetière de la paroisse, sur les tombes verdoyantes des aïeux. Bientôt on voit paraître le clergé destiné à la cérémonie : c'est un vieux pasteur qui n'est connu que sous le nom de curé... Revêtu d'un simple surplis, il réunit ses ouailles devant la grande porte de l'église ; il leur fait un discours, fort beau, sans doute, à en juger par les larmes de l'assistance. On lui entend souvent répéter :

« — Mes enfants ! mes chers enfants !

» Et c'est là tout le secret de l'éloquence du Chrysostome champêtre.

» Après l'exhortation, l'assemblée commence à marcher en chantant. L'étendard des saints, antique bannière des temps chevaleresques, ouvre la carrière au troupeau qui suit pêle-mêle avec son pasteur. On entre dans des chemins ombragés et coupés profondément par la roue des chars rustiques ; on franchit de hautes barrières formées d'un seul tronc de chêne ; on voyage le long d'une haie d'aubépine où bourdonne l'abeille et où sifflent les bouvreuils et les merles. Les arbres sont couverts de leurs fleurs ou parés d'un naissant feuillage. Les bois, les vallons, les rivières entendent tour à tour les hymnes des laboureurs. Étonnés de ces cantiques, les hôtes des champs sortent des blés nouveaux et s'arrêtent à quelque distance pour voir passer la pompe villageoise.

» La procession rentre enfin au hameau. Chacun retourne à son ouvrage : la religion n'a pas voulu que le jour où l'on demande à Dieu les biens de la terre fût un jour d'oisiveté. »

Cette page magnifique est empruntée au *Génie du Christianisme* de M. de Chateaubriand ; et, si je vous en ai fait la lecture aujourd'hui, c'est que, demain, nous fêtons les *Rogations*. Il ne m'était pas possible de vous donner une plus charmante peinture de l'importante cérémonie qui aura lieu, demain, dans toutes nos campagnes.

On appelle *Rogations* des prières publiques qui se font trois jours avant l'Ascension, pour demander à Dieu de conserver les biens de la terre, et d'éloigner de nous les fléaux et les malheurs.

On en attribue l'institution à saint Mamert, évêque de Vienne en Dauphiné. Dans le cours de la dernière moitié du ve siècle, ce prélat exhorta les fidèles de son diocèse à faire des prières, des processions, des œuvres de pénitence pendant trois jours, afin d'obtenir la cessation des tremblements de terre, des incendies et du ravage des bêtes féroces, dont le peuple était affligé. Dans la suite, on continua ces prières pour se préserver de pareilles calamités; et l'usage s'en introduisit successivement dans les Églises des Gaules, de l'Espagne, de l'Italie et de bien d'autres pays.

A notre époque, je vous l'ai dit, les Rogations ont surtout pour but de solliciter de Dieu ses bénédictions sur les travaux des champs.

Mais, savez-vous bien ce que Dieu serait en droit de répondre à la plupart des cultivateurs qui vont, demain, lui adresser leurs prières ?

— Vous me demandez d'éloigner de vos champs les sécheresses dévorantes et les pluies torrentielles, le vent, la grêle, la gelée et la tempête.

Que sont cependant ces fléaux, comparés aux ravages incalculables produits par de petits insectes qui, en quelques jours, apportent au laboureur la misère et la ruine ? Où se dressaient les épis verts, espoir des moissons prochaines, les blés se penchent noirs, fanés, desséchés comme par le souffle du vent des déserts. Les arbres étaient couverts de flocons de fleurs qui promettaient d'abondantes récoltes, et les fleurs tombent une à une, comme arrachées par une main malveillante, comme tranchées par une invisible dent.

Qui a courbé les épis; qui a dépouillé les arbres de leur riche parure? un faible insecte qui se rit des efforts de l'homme; un petit ver qui rampe sous la terre, qui se glisse sous la feuille, qui s'enfonce dans le fruit.

Mais, pour arrêter, dans ses envahissements, l'insecte destructeur, j'ai créé l'oiseau, l'ami du laboureur; l'oiseau, le protecteur des récoltes et des moissons.

II

Vous avez paru fort étonnés, mes enfants, lorsque, profitant de la fête des Rogations, je vous ai dit quelques mots sur les services rendus par les petits oiseaux aux gens de la campagne, ou plutôt à tout le monde. En effet, si l'on tue les oiseaux, si l'on détruit les nids, les oiseaux ne mangent pas les insectes; les insectes dévorent toutes les récoltes : fruits, blé, grains et légumes de toutes sortes. La disette remplace l'abondance ; et nous devons payer deux, trois, quatre fois, et souvent davantage, la valeur ordinaire des denrées qui servent à notre nourriture.

Peut-être pensez-vous que j'exagère, et que j'ai été bien au-dessus de la vérité, quand je me suis permis de faire parler Dieu, et de mettre dans sa bouche ces paroles :

— L'oiseau est l'ami du laboureur; l'oiseau est le protecteur des récoltes et des moissons.

Non, mes enfants, je n'ai point exagéré ; vous en aurez bientôt la preuve.

Mais, avant d'aller plus loin, il me faut vous parler de sociétés qui font, en grand, ce que je m'efforce, en petit, de faire au milieu de vous : propager le plus possible les idées de justice, de compassion et de bienveillance en faveur des animaux.

Ces généreuses associations sont appelées :

Sociétés protectrices des animaux.

Il y en a dans tous les pays du monde. La Belgique possède la sienne, placée sous le haut patronage du roi Léopold II. Nos voisins, les Français, comptent cinq sociétés protectrices : celles de Paris, de Lyon, de Fontainebleau ; d'Alger et d'Oran, en Afrique. De plus, des écoles entières de jeunes garçons et de jeunes filles sont associées à cette belle œuvre; et ces enfants ne sont pas les moins zélés, les moins dévoués, entre les protecteurs des animaux.

Pour en revenir aux grandes personnes qui composent les sociétés protectrices, il n'est pas inutile de vous dire que ce sont des messieurs et des dames de tous les rangs, de toutes les classes sociales : membres des familles impériales ou royales, princes de l'Église, magistrats, généraux, commerçants, industriels, ouvriers ; tous s'unissent, se confondent dans une même pensée ; tous veulent moraliser les hommes, c'est-à-dire les rendre humains pour leurs semblables ; et cela, en les rendant bons et compatissants pour les animaux.

Que d'excellents livres ont déjà été écrits par les hommes de lettres et les savants qui font partie de ces sociétés. Je vous en citerai quelques passages, car, assurément, je ne dirais pas aussi bien qu'eux.

Voyons d'abord ce qui concerne les petits oiseaux, puisque nous sommes sur ce chapitre.

M. le docteur H. Blatin, vice-président de la Société protectrice de Paris, s'exprime ainsi, dans un livre admirable, intitulé : *Nos cruautés envers les animaux*, livre qui a été couronné par un grand nombre de sociétés savantes.

« La guerre d'extermination qui tend à faire disparaître plusieurs espèces d'oiseaux, jadis abondantes, est un fait des plus regrettables, au point de vue de l'ordre économique de la nature. C'est à cette destruction imprévoyante, aveugle, qu'est dû l'accroissement immense et funeste des insectes, dont les innombrables légions se succèdent et se relayent, dont

chacune, à son mois, à son jour, à son heure, ronge
et ravage, dans un travail sourd et irrésistible, détruisant toute espèce de végétaux, depuis le plus
humble brin de mousse et d'herbe jusqu'aux arbres
majestueux des forêts, s'attaquant aux produits agri-
coles de tout genre, à nos provisions de toute espèce,
et n'épargnant ni nos édifices, ni nos animaux, ni
nous-mêmes.

» L'homme en vain fait la guerre à ces ennemis
dont l'activité dévorante ne se repose ni jour, ni nuit,
dont l'infinie petitesse échappe souvent à sa vue ;
qui souillent et altèrent l'aliment réparateur, l'eau
potable et l'air vivifiant.

» Combien d'épidémies terribles et d'épizooties n'ont
pas d'autre cause que la pullulation des insectes ou
des animalcules !

» . . . . . . Heureusement que les petits oiseaux
sont les plus actifs destructeurs des insectes ! »

Chaque matin quand, m'éveillant, j'entends le
chant des oiseaux, voici la prière que j'adresse au
Seigneur :

— Bénissez, ô mon Dieu, les nids gracieux de paille
et de mousse dans lesquels les gentils protecteurs de
nos récoltes élèvent leurs couvées. Préservez leurs
œufs de la main cruelle du dénicheur, ce méchant
qui dérobe les enfants à leurs mères, comme vous
préserveriez nos propres enfants des attaques de misérables qui voudraient les arracher de nos bras.

7

Je suis tellement convaincue que l'on est agréable
à Dieu, en protégeant les petits oiseaux, que je voudrais voir, dans les fêtes des Rogations, les jeunes
garçons de chaque village suivre la procession, en
portant un nid enrubanné, et en chantant des cantiques dans lesquels ils remercieraient le Créateur de
nous avoir donné les oiseaux pour détruire les insectes
et nous garder, contre l'avidité de ces derniers, tous
les biens de la terre.

Telles sont, mes chers enfants, les idées, nouvelles pour vous, dont il faut vous pénétrer. On crie
beaucoup contre les sauvages que l'on traite de barbares; eh bien, on voit, dans la relation d'un voyageur anglais, que certaines peuplades de l'Océanie
témoignent un sentiment profond de blâme et de mépris pour quiconque dérobe les œufs ou les petits des
oiseaux. Détruire un nid, ou même troubler la mère
qui veille sur sa couvée, c'est à leurs yeux une action
impie.

De leur côté, les oiseaux semblent reconnaissants;
et, habitués à voir leurs nids respectés par l'homme,
ils se confient à lui jusqu'à les construire quelquefois
dans l'intérieur de sa pauvre cabane, ce qui doit être
une chose charmante.

Dieu, lui-même, a prescrit d'ailleurs formellement
le respect des nids et des œufs. Les détruire, songez-y
bien, c'est charger sa conscience d'une faute, d'une
désobéissance à la loi divine.

III

Je sais, mes enfants, que quelques-uns d'entre vous
ne sont pas tout à fait convaincus de cette vérité passée, aujourd'hui, dans le domaine de la science :

Les services que nous rendent les oiseaux sont
incalculables ; ils le sont même à ce point qu'on a
pu dire avec raison aux habitants de la campagne :

Nids pleins, bourses rondes !

Nids vides, huches sans pain !

Il s'agit de persuader ces petits incrédules ; pour
cela, je vais vous donner communication d'un calcul
qui a été fait avec une grande exactitude, et qui prouve
mathématiquement combien les oiseaux sont respectables, étant aussi nécessaires.

Suivez bien ces divers raisonnements.

« Un nid est, en moyenne, occupé une quinzaine de
jours par la couvée éclose. A raison de trois mille vers
par semaine, ou plutôt de quatre cent vingt-huit par
jour, cela fait six mille quatre cent vingt larves ou insectes qui s'y consomment. C'est donc, à un grain de
blé seulement par larve, six mille quatre cent vingt
grains que conserve ce nid pendant les quinze jours
nécessaires aux petits pour devenir grands et robustes,
et pour chercher eux-mêmes leur nourriture.

» Voyons, maintenant, quelle portion de terrain représentent ces six mille quatre cent vingt grains ensemencés, qui ont été sauvés du désastre?

» On a calculé qu'il faut 3 hectolitres pour ensemencer un hectare; on a compté aussi qu'il y a un million six cent mille grains de blé dans un hectolitre.

» C'est donc quatre millions huit cent mille grains de blé qui sont contenus dans les 3 hectolitres et qui servent à l'ensemencement d'un hectare, ou de 100 ares, ou bien encore de 10,000 centiares.

» Cela fait exactement quatre cent quatre-vingts grains de blé pour chaque centiare.

» La consommation d'un nid s'élevant, pour les quinze jours de la couvée, à six mille quatre cent vingt insectes, on n'a qu'à diviser ce chiffre par quatre cent quatre-vingts, nombre de grains semés dans un centiare. Le résultat de cette division est : 13 centiares 3/8.

» Donc, en détruisant un nid, on laisse vivre une certaine quantité d'insectes qui dévorent, pour le moins, un nombre égal de grains, lesquels avaient servi à ensemencer un peu plus de 13 centiares, ou de 13 mètres carrés.

» Celui qui prend un nid fait donc tort à quelqu'un de tout le blé qui serait venu sur cette superficie de 13 mètres carrés; c'est absolument comme s'il le **volait. Aussi peut-on dire avec assurance :**

» Tout dénicheur est un voleur[1] ! »

Mais plusieurs d'entre vous me répondront peut-être : Nous ne sommes pas dans les campagnes, nous autres; nous habitons la ville, et les oiseaux que nous poursuivons à coups de pierres, ou que nous prenons dans des piéges, n'ont pas de moissons à protéger; par conséquent, ils ne sont d'aucune utilité, et l'on ne fait pas grand mal en détruisant leurs nids.

Voici comment répond à cela le livre que je viens de vous citer :

« Ne trouvez-vous pas fort agréable, au milieu de la chaleur du jour, ou pendant les soirées étouffantes de l'été, de vous promener, avec vos familles, sous les arbres de nos avenues? La science nous apprend que l'air, tamisé au travers du feuillage, arrive à nos poumons plus salubre et plus vital. Il y a donc, pour vous, agrément et bien-être dans ces promenades sous les marronniers, les platanes, les ormeaux et les autres essences qui consentent à s'acclimater dans l'atmosphère de gaz de nos villes?

» Que deviendraient-ils ces beaux arbres, si les petits oiseaux ne détruisaient pas les chenilles? De grands squelettes branchus, dépouillés de leurs feuilles, fort laids à voir et sans avantage aucun pour l'hygiène publique.

» Les araignées vous font peur; les vers et les li-

1. *Jean le Dénicheur*, chez Hachette et C°.

maces des jardins vous répugnent; les guêpes cherchent à vous piquer; les petits papillons éteignent, le soir, en s'y brûlant, la bougie, à la clarté de laquelle vous admirez de belles images, ou vous lisez quelque récit intéressant; les mouches vous fatiguent par leur importunité; les cousins bourdonnent à vos oreilles et tourbillonnent autour de vous, pendant les grandes chaleurs, vous menaçant de leur dard qui tuméfie la peau et cause des douleurs cuisantes.

» J'en pourrais nommer bien d'autres!

» Que serait-ce donc si les oiseaux des villes ne vous débarrassaient pas, chaque jour, d'une multitude de ces hôtes incommodes?

» Ne dites donc plus, en parlant d'un animal, qu'il n'est d'aucune utilité. Cette utilité existe; seulement, elle échappe encore à votre jeune intelligence; mais les hommes instruits l'ont, depuis longtemps, reconnue, appréciée, signalée. »

Êtes-vous convaincus, mes enfants? Oui, n'est-ce pas?

Désormais, vous respecterez les nids, par reconnaissance, dans l'intérêt bien entendu de vos plaisirs et de vos besoins; et aussi parce que, comme le dit une jolie chansonnette :

> Ne pouvant rien créer,
> Il ne faut rien détruire!

Tous, vous avez entendu parler plus ou moins de l'Exposition universelle de Paris ; quelques-uns, peut-être, ont eu l'heureuse fortune d'y accompagner leurs parents. Ils ont dû être éblouis à la vue de tant de magnificences et de curiosités. Nous allons y retourner ensemble, si vous le voulez bien ; mais nous ne visiterons ni les jardins fleuris, ni les galeries somptueuses, ni les maisons étranges habitées, chacune, par un échantillon de tous les peuples du monde.

Nous nous arrêterons, dès l'entrée, au pavillon de la Société protectrice des animaux.

Voici en quels termes, un savant modeste, dont la plume est consacrée aux intérêts de l'agriculture, M. P. Joigneaux, rend compte de cette exposition spéciale qui a su appeler à elle et fixer l'attention des visiteurs, au milieu des splendeurs de l'Exposition universelle.

« Sur la gauche de la principale avenue qui conduit

au palais du Champ-de-Mars et fait face au pont
d'Iéna, on remarque une construction simple, mais
de bon goût, élevée par les soins de la Société protectrice des animaux. Le but que poursuit cette société
est connu de tous et digne assurément de tout notre
respect. Elle fait la guerre à la sauvagerie, à la cruauté ; elle nous invite à ne pas maltraiter les animaux, à
aimer les pauvres êtres qui nous servent et nous
aiment, à ne jamais les tyranniser, à les prendre au
moins en pitié si nous ne les prenons pas en affection.
Elle nous déclare que sans la compassion pour les animaux, il n'y a pas d'éducation complète, pas de cœur
vraiment bon.

» Cet appel aux sentiments élevés nous plaît, et
nous y applaudissons des deux mains.

» Autrefois, à tout propos et hors de propos, on nous
disait : *qui aime bien châtie bien* ; et après cela, la peau
des gens et le cuir des bêtes avaient fort à souffrir ;
aujourd'hui, on nous dit : *qui aime bien caresse bien*.
C'est un progrès dont il faut se réjouir, mais un progrès qui ne se réalise pas aussi vite que nous le voudrions.

Le monde est plein encore de brutales créatures
qui, de très-bonne foi, croient à la nécessité du fouet,
de la ficelle à nœuds, de la trique, du coup de poing
et du coup de pied. Prenez là-dessus l'avis des charretiers, et vous verrez que la plupart ne nous démenti-
ront pas.

» Ils vous diront qu'on n'est pas cheval pour vivre
bourgeoisement, qu'on n'est pas bœuf pour avoir ses
aises, que le chien a été fait pour sentir le talon du
maître, la chouette pour être clouée aux portes des
granges comme étant l'oiseau de la mort, le hérisson
pour être brûlé vif, etc., etc.

» Et l'on s'étonne après cela, que beaucoup de nos
animaux domestiques deviennent vicieux et d'un caractère intraitable! S'ils étaient d'une humeur égale
et douce après avoir été malmenés de toutes les fa-
çons, nous serions bien autrement surpris.

» Ce ne sont pas seulement les rudesses qui rendent
les bêtes méchantes ; de simples taquineries peuvent
conduire au même résultat. On ne doit donc ni les rudoyer, ni les contrarier ; elles n'admettent point les
mauvais traitements ; elles n'entendent pas toujours la
plaisanterie.

» Parmi les objets exposés au Champ-de-Mars par la
Société protectrice, nous voyons divers appareils d'invention plus ou moins récente qui, avant tout, se pro-
posent de sauvegarder les voyageurs contre l'empor-
tement des chevaux, et qui, du même coup, rendent
service à ces derniers. »

Nous ne suivrons pas plus loin l'écrivain que je
viens de vous citer. Laissons-le entrer dans le pavillon ; nous, mes enfants, nous resterons à la porte. Ce
n'est pas que nous craignions d'être mal accueillis ;
bien au contraire, nous serions reçus avec une grande

7.

bienveillance par un des membres de la Société qui, du matin au soir, avec un zèle remarquable, une bonté charmante, se tient à la disposition du public.

Si nous demeurons à la porte, c'est de notre plein gré, et parce que nous avons à y faire une bonne récolte d'instructions morales.

Nous voici donc devant un pavillon rustique surmonté d'une enseigne sur laquelle on lit en gros caractères :

SOCIÉTÉ PROTECTRICE DES ANIMAUX.

La façade de ce petit monument est ornée des inscriptions suivantes :

Le juste prend soin de la vie des animaux, mais le méchant est pour eux sans entrailles.

La cruauté envers les animaux rend le cœur insensible aux souffrances des hommes.

Tout ce qui aime a le droit d'être aimé; tout ce qui souffre a un titre à la pitié.

L'homme est le roi des êtres inférieurs, il ne doit pas en être le tyran.

De la brutalité envers l'animal à la cruauté envers l'homme, il n'y a de différence que la victime.

Sans la compassion pour les animaux, pas d'éducation complète, pas de cœur vraiment bon.

Dieu ne nous a pas donné deux cœurs, l'un cruel envers les animaux, l'autre bienveillant pour les hommes.

La pitié ne doit cesser que là où cesse la douleur.

La foule des promeneurs s'arrêtait en face de ces magnifiques sentences ; chacun les lisait, les commentait à sa manière ; et beaucoup exprimaient à haute voix les réflexions qu'elles leur inspiraient. C'est qu'effectivement, en peu de mots, elles disent bien des choses nouvelles dont on ne se doutait guère jusqu'à ce jour.

Vous, mes chers enfants, vous êtes trop jeunes encore pour pouvoir saisir le sens profondément admirable de ces huit maximes, dont l'application ne tend à rien moins qu'à rendre le cœur de l'homme aussi parfait que possible. Ce travail d'appréciation, nous allons le faire ensemble ; et cette étude, j'en suis bien convaincue, ne sera pas sans fruit pour le développement des sentiments généreux que je m'efforce d'éveiller en vous.

II

Le juste prend soin de la vie des animaux, mais le méchant est pour eux sans entrailles.

Le *juste*, vous le savez déjà, est celui qui, pour règle de conduite, prend la seule vertu. Le *méchant*, au contraire, après avoir été un objet d'horreur et d'épouvante pour ses semblables, meurt désespéré, car il se reconnaît indigne de la miséricorde divine, quelque infinie qu'elle soit.

Entre ces deux conditions si opposées, il n'est pas un seul d'entre vous qui puisse hésiter. Tous, sans en excepter un seul, vous avez la ferme résolution de vivre et de mourir dans cet esprit de justice qui est la perfection de l'âme.

Mais, songez-y bien, pour mériter ce beau nom de *juste*, il faut prendre soin de la vie des animaux; si vous les maltraitez, vous n'êtes plus que des méchants, et les souffrances de ces innocentes victimes s'élèveront un jour contre vous.

La cruauté envers les animaux rend le cœur insensible aux souffrances des hommes.

De la brutalité envers l'animal à la cruauté envers l'homme, il n'y a de différence que la victime.

Dieu ne nous a pas donné deux cœurs, l'un cruel envers les animaux, l'autre bienveillant pour les hommes.

Ces trois sentences peuvent être comprises dans un seul et même développement. Chacune d'elles, en effet, exprime cette vérité, qu'une longue expérience a consacrée : celui qui est capable de faire souffrir les animaux, fera certainement souffrir les hommes, dans la mesure de ses forces et selon la position qu'il occupera dans le monde.

Ce n'est pas sans dessein que les habiles organisateurs du pavillon de la Société protectrice ont, sous des formes différentes, écrit trois fois la même pensée sur les murs de leur gracieux monument.

Ne sont-elles pas en même temps des lois divines

et des nécessités humaines, cette bienveillance mutuelle, cette fusion de sentiments fraternels et dévoués, cette solidarité à toute épreuve entre les
hommes? Il convenait donc parfaitement d'insister sur
ce point, et de dire bien haut à ceux qui se plaisent à
faire trembler devant eux les pauvres animaux, que
dans les occasions difficiles de la vie, ils feraient inutilement appel à la commisération affectueuse de
leurs semblables. Ils ont semé l'épouvante; ils récol-
teront la haine et le mépris que l'épouvante inspire.
Ils ont été cruels; quels droits pourraient-ils avoir à
cette pitié qu'ils ont toujours méconnue?

Il est bien vrai que nous n'avons point deux cœurs
dans la poitrine; l'un gonflé de fiel, l'autre rempli de
charité. Donc, il faut choisir; il faut se décider à être
bon pour toutes les créatures, ou se résigner à être
mauvais également pour toutes. Comme l'a dit si
excellemment M. Max Veydt, un des membres de la
Société protectrice de Bruxelles :

« Nous devons avoir l'habitude acquise d'aimer tout
ce monde d'êtres infiniment au-dessous de nous, si
nous voulons acquérir l'habitude d'aimer comme il
faut aimer, c'est-à-dire sans intermittence, sans ca-
prices, sans brusquerie, sans impatience, nos égaux,
nos parents, nos frères. La bienveillance universelle
est le fondement le plus solide de la véritable amitié. »

*Tout ce qui aime a le droit d'être aimé; tout ce qui
souffre a un titre à la pitié*

Est-il rien de plus légitime? je le demande à vos propres cœurs.

Quel ne serait pas votre chagrin si, aimant de toutes vos forces une personne quelconque : un frère, un ami, une compagne, vous n'en étiez pas payés de retour; si elle répondait à votre affection par de l'indifférence, à vos actes de dévouement par de l'ingratitude? Cette déception ne vous serait-elle pas bien cruelle, et ne serait-ce pas avec raison que vous vous écrieriez :

Tout ce qui aime a le droit d'être aimé !

Il vous est arrivé, parfois, d'être souffrants, malades; de vous faire, en jouant, quelque blessure douloureuse. Dans toutes ces circonstances, vos mères n'ont pas manqué de vous entourer des plus tendres soins ; mais, si elles avaient agi différemment, si elles n'avaient pas apaisé vos cris avec leurs bonnes paroles, si elles n'avaient pas essuyé vos larmes avec leurs douces caresses, n'auriez-vous pas dit encore :

Tout ce qui souffre a un titre à la pitié !

Et vous auriez ajouté, bien certainement

La pitié ne doit cesser que là où cesse la douleur.

Maxime qui, vous vous le rappelez, se trouve aussi inscrite sur le pavillon de la Société protectrice.

L'homme est le roi des êtres inférieurs, il ne doit pas en être le tyran.

Vous ne devez pas avoir oublié nos premiers entretiens, alors qu'à l'occasion de la fête des Rois, ou de l'Épiphanie, je vous ai parlé du pouvoir souverain donné à l'homme sur les autres créatures. Je ne pourrais, maintenant, que vous répéter les mêmes conseils, amplification raisonnée de la maxime ci-dessus.

Je passe donc à une autre, à la dernière qu'il nous faut analyser.

Sans la compassion pour les animaux, pas d'éducation complète, pas de cœur vraiment bon.

Un cœur, qui n'est point susceptible de compatir aux souffrances des animaux, ne saurait être un bon cœur ; vous l'avez bien compris par mes précédentes explications, et nous n'avons plus à y revenir. Il me reste donc à vous prouver que l'éducation ne peut être complète, achevée, tant qu'elle n'a pas réussi à rendre l'homme bon, généreux, dévoué, compatissant.

Me faudra-t-il dépenser beaucoup de paroles pour vous convaincre ? Je ne le suppose pas. Qu'est-ce, en effet, que l'éducation, sinon la dernière façon, le poli, la perfection que l'on arrive à donner au cœur aussi bien qu'à l'esprit. Or, vous conviendrez avec moi qu'il est loin d'être parfait, l'esprit qui ne sait pas apprécier quels immenses services de toutes sortes nous rendent les animaux ; il est également bien loin d'être parfait, le cœur qui n'a pas la bonté en partage. Fût-il doué d'autres qualités, celles-ci resteraient dans l'ombre, comme les merveilleux tableaux d'une lanterne magique qu'on aurait oublié d'allumer.

La bonté, mes enfants, c'est la lumière de l'âme.

N'est-il pas vrai que ce sont là de belles et nobles

sentences? Toutes, elles tendent à la fois à l'amélioration physique des animaux, à l'amélioration morale
des hommes. Aussi, devons-nous une grande reconnaissance aux esprits d'élite, aux hommes dévoués,
qui les prennent pour base de leurs généreux travaux.

Et cependant, quelles luttes il leur a fallu soutenir
pour affirmer, c'est-à-dire pour établir solidement
chacun de leurs principes protecteurs !

L'ignorance des masses, en cette matière, ne fut pas
même la plus rude difficulté qu'ils eurent à renverser.

L'insouciance des uns, qui disaient : Que nous importe, après tout, le sort des animaux ! L'ironie des
autres, qui croyaient se montrer spirituels en se riant
des *avocats des bêtes;* voilà ce qu'il leur a fallu vaincre,
voilà ce dont ils ont triomphé, parce qu'ils avaient la
foi et la volonté.

La foi, qui fait qu'on tente les grandes entreprises;
la volonté, qui les fait réussir.

Peu à peu, l'indifférence s'est changée en zèle en-
thousiaste; l'ironie, en respect et en admiration.
Grâce aux nombreux enseignements des sociétés protectrices, les populations commencent à s'instruire.
On comprend enfin que le but de ces généreuses insti-
tutions est d'amener l'ère de l'amour universel de l'humanité, en passant par la compassion générale pour
l'animalité.

Car tout se tient, tout s'attache, tout se lie dans
l'existence humaine.

A côté des sociétés protectrices appelées à faire tant de bien, il en est d'autres, malheureusement, que l'on pourrait désigner sous le nom de *sociétés tourmenteuses des animaux*.

A Anvers, par exemple, on voit des associations d'hommes méchants et désœuvrés qui se livrent à l'extermination des pauvres petites mésanges, si utiles à l'agriculture, par le grand nombre d'insectes qu'elles détruisent. A certains jours, les membres de ces sociétés, affublés de costumes étranges, coiffés de casquettes de couleurs voyantes, sortent par troupes de la ville et rentrent le soir avec leur déplorable butin.

Et ces gens-là oseront se plaindre si le pain est cher, si les fruits et les légumes manquent ; que ne laissaient-ils les oiseaux accomplir leur œuvre provi-

dentielle ! ils auraient de bons légumes et de beaux
fruits sur leur table, ils paieraient le pain un prix raisonnable.

Que dire encore des sociétés établies pour les concours de chant qui s'ouvrent entre les pinsons de telle
localité et les pinsons de telle autre ?

Sans doute, il est gentil au possible, le chant du
pinson ; mais c'est quand ce charmant oiseau est en
pleine liberté, voletant de branche en branche, d'arbre
en arbre. Alors, sa voix a des notes brillantes et
joyeuses. Est-il captif, derrière les barreaux d'une
cage, tout, dans sa petite personne, se ressent de la
tristesse qu'il éprouve. Car, ne vous y trompez pas,
c'est une si douce et si bonne chose que la liberté,
pour les pauvres animaux, qu'ils ne sauraient en être
privés sans ressentir une véritable peine ; il y en a
même quelques-uns qui en meurent.

Mais les membres des Sociétés dont je vous parle,
ne se bornent pas à emprisonner les pinsons ; ils
vont..... tenez, je vous dis cela en tremblant d'émotion ; ils vont, les cruels ! jusqu'à crever les yeux à ces
pauvres petites bêtes, sous l'absurde et abominable
prétexte que ces oiseaux chantent mieux et plus longtemps lorsqu'ils sont aveuglés.

Quelle dérision !

Comme si la brillante clarté du soleil, comme si la
vue des fleurs, l'aspect riant de la belle nature, n'é-
taient pas mieux faits pour inspirer ces charmants

musiciens, qu'une nuit éternelle, que des ténèbres
épaisses, une sorte de mort anticipée.

Voyez-vous un de ces géants, tel qu'on en montre
dans les contes de fées, prendre des petits enfants
bien gais, bien vifs, tout riant et chantant. Il les
renferme dans une grande cage aux barreaux de
fer ; il leur crève les yeux ; et comme, alors, les pau-
vrets pleurent, crient et se désolent en appelant leurs
mères, le monstre se frotte les mains et dit avec un
méchant rire :

— Eh ! eh ! les enfants chantent bien mieux quand
on les traite ainsi !

Vous frémissez ; il vous semble que le géant a déjà
sa grosse main tendue pour vous saisir. Eh bien, moi,
je frémis aussi d'horreur, d'indignation, en songeant
que ce supplice est infligé de sang-froid à de pauvres
créatures si douces, si bonnes et si utiles.

Car il souffre, l'oiseau que l'on torture ; il souffre
autant que vous souffririez vous-mêmes.

« En aucun lieu du monde, dit M. Bourguin, les
pinsons que l'on élève en cage, ne chantent aussi bien
que ceux de l'Allemagne. Et jamais, dans la plupart
des contrées de l'Allemagne, on ne prive de la vue ce
pauvre oiseau. C'est un procédé aussi inutile que
cruel. Mais il serait utile, qu'il faudrait encore le pros-
crire, comme un acte d'odieuse barbarie. »

M. le docteur Blatin, dans son énergique franchise,

dit rudement leur vérité aux gens qui pratiquent cet usage cruel :

« Un amateur vous dira bêtement qu'étant privés de la vue, les pinsons chantent pour se distraire ; que leur voix devient plus vibrante et plus soutenue. Vous savez le proverbe : *crier comme un aveugle !* Crier et chanter, c'est, pour certaines gens, à peu près la même chose.

» .....Tant qu'il se trouvera un homme capable d'acheter un oiseau aveuglé, il se trouvera un autre homme pour brûler les yeux de la pauvre bestiole. Quand l'opinion publique traitera ces deux individus de *misérables* et en *misérables*, la vraie éducation morale aura fait un pas. »

Ce pas moralisateur, j'ai l'espoir, mes chers amis, que vous contribuerez à ce qu'il se fasse. Vous deviendrez, un jour, des pères et des mères de famille, donnez le bon exemple à la génération nouvelle ; grâce à vos conseils, gagnez un bon nombre de cœurs à la cause des pauvres animaux, et qu'on ne soit plus affligé par le hideux et cruel spectacle de ces concours de pinsons aveuglés.

Commencez, dès aujourd'hui, cette œuvre charitable ; exercez une heureuse influence sur ceux d'entre vos compagnons qui seraient méchants et cruels. Chaque fois que vous remplirez de douceur et de bonté le cœur d'un enfant, ce sera un honnête homme que vous aurez donné à l'avenir.

Vous avez, sans doute, entendu dire, en parlant de certaines personnes, qu'elles ne méritent pas la bonne réputation dont elles jouissent.

Le contraire arrive aussi, trop souvent. C'est-à-dire que l'on accuse des gens de fautes qu'ils n'ont point commises, de vices ou de mauvais instincts dont ils seraient les premiers à rougir.

De ce côté encore, les animaux ont aussi peu de chance que l'homme. Beaucoup d'entre eux sont considérés comme nuisibles, poursuivis, massacrés à ce titre, qui, cependant, nous rendent de grands services.

Il est donc bien important d'éclairer l'ignorance qui se fait à elle-même un tort considérable en détruisant, comme ses ennemis, les alliés fidèles que la prévoyante nature nous a donnés. Nous avons déjà dit de bonnes vérités aux agriculteurs, en leur faisant apprécier qu:l concours précieux ils peuvent attendre des petits oiseaux; continuons à nous adresser aux travailleurs de la campagne. Plusieurs d'entre vous, mes amis, sont destinés à ce genre de labeur; d'autres connaîtront des laboureurs, des jardiniers, ils leur rediront mes paroles; et les ignorants deviendront, chaque jour, moins nombreux; c'est ainsi que pourra être atteint le but que poursuivent tant d'honnêtes gens :

Faire beaucoup de bien aux hommes, en les éclairant sur leurs véritables intérêts; en faire un peu aux animaux, et pour cela, les remettre à la place qu'ils doivent occuper sur l'échelle de la création.

Au nombre des animaux qui ont, dans les campagnes, une mauvaise réputation imméritée, il faut placer en première ligne : la taupe, — la musaraigne, — la chauve-souris, — la chouette, nommée aussi fresaie ou effraie, — le hérisson, — etc.

Je vais essayer de les réhabiliter et de leur faire rendre la justice qui leur est due.

La taupe! on prétend que, partout sur son passage, elle fait périr les plantes dont elle coupe les racines; on lui reproche encore d'élever ces monticules appelés taupinières, qui, dit-on, empêchant de faucher un pré rez terre, sont la cause qu'une bonne partie du foin est absolument perdue.

Ce sont là d'abominables calomnies.

Les taupinières sont un bienfait pour l'agriculteur qui, seulement, n'en sait pas tirer parti. Cette terre meuble et fertilisante, que ne la répand-il, avec une bêche, sur toute l'étendue de son pré; il s'apercevrait bientôt qu'il aurait, ainsi, rechaussé les racines du gazon, et donné à son terrain des propriétés extraordinaires de fertilisation.

En Angleterre, on les apprécie si bien, ces propriétés précieuses, que ne pouvant se procurer autant de taupes naturelles qu'ils le désireraient, les agronomes ont grand soin d'acheter une petite machine appelée *taupinière*, au moyen de laquelle ils obtiennent la terre légère et friable, telle que la leur font ces animaux trop méconnus.

La taupe, dit-on, tranche les racines des plantes! Mais la science s'est émue de cette accusation, elle a regardé les choses de plus près que le vulgaire ; et l'on est bien convaincu, aujourd'hui, que, d'après l'organisation de son estomac et la conformation de ses dents, la taupe ne saurait se nourrir de racines ni de végétaux. Ce qu'elle mange, ce sont des larves de hannetons, autrement appelés vers blancs ; ce sont des vers de toutes sortes, des souris, enfin des ennemis de l'agriculture et du jardinage.

Donc la taupe est essentiellement utile ; bien loin de la poursuivre, de la détruire, il faut la protéger à tout prix.

Il en est de même de la musaraigne, cette gracieuse petite bête dont la tête est plus longue et plus pointue que celle de la souris, et dont le museau est terminé par une sorte de petite trompe. Elle se nourrit presque exclusivement de vers et de larves d'insectes nuisibles.

La chauve-souris fait une heureuse chasse aux phalènes ou papillons de nuit, aux insectes crépusculaires. Le hanneton, dont l'agriculteur ne devrait prononcer le nom qu'en tremblant, n'a pas de plus terrible destructeur; une seule chauve-souris en dévore au moins neuf cents, dans l'espace d'un mois.

L'effraie protège nos récoltes, en faisant une guerre acharnée aux rats, aux souris, aux loirs qui causent tant de dégâts dans les champs. On a calculé qu'une seule chouette mange plus de six mille souris par an.

Quant au hérisson, que l'on accuse à tort de grimper sur les arbres, pour en détacher les fruits, il se nourrit principalement de limaçons, d'escargots, de scarabées et d'insectes nuisibles. Il est aussi très-friand de vers blancs, ou larve de hannetons, et détruit une quantité considérable de rats et de souris. Enfin, il est l'ennemi acharné des vipères.

Les agriculteurs donneraient de grosses sommes à ceux qui entreprendraient l'œuvre de destruction accomplie par ces différentes espèces d'animaux. Les insensés, ils tuent impitoyablement, ils massacrent stupidement d'excellentes bêtes qui, sans aucune rétribution, les délivrent, chaque jour, de milliers d'ennemis.

Tenez, je me rappelle avoir lu quelque part une

comparaison dont l'exactitude m'a saisie, et que je veux vous redire, afin que vous en fassiez votre profit.

« Comment le cultivateur ose-t-il murmurer contre la Providence qui a tout combiné, tout prévu, lorsque c'est lui-même qui invente mille moyens pour anéantir les destructeurs de ces ennemis dont il se plaint?

» En agissant ainsi, l'homme ressemble fort à une commune que menaceraient des bandits, et qui égorgerait les gendarmes envoyés pour la protéger. »

Les petits oiseaux, les taupes, les musaraignes, les chauves-souris, et bien d'autres qu'il serait trop long d'énumérer, tels sont les gendarmes que le bon Dieu nous envoie, afin qu'ils nous protégent contre la bande des insectes voleurs.

Ne les égorgeons point, mais respectons-les, et soyons-leur reconnaissants, nous rappelant qu'*il n'y a pas un écu dans l'armoire d'un cultivateur qui ne soit dû au bec d'un oiseau.*

Vous trouvez, peut-être, la comparaison singulière?

Elle n'est que rigoureusement vraie.

Les dégâts causés par les animaux nuisibles à l'agriculture sont, en effet, énormes, incalculables. Des hommes compétents les estiment à plusieurs millions par année, pour la France seulement.

Un exemple, entre une quantité d'autres. En 1854, un seul pépiniériste de Bourg-la-Reine, près Paris, évalua à 30,000 francs la perte que lui causait le ver blanc du hanneton.

LE BÉTAIL

Ne quittons pas la campagne, mes chers enfants, sans dire quelques mots du bétail, c'est-à-dire des animaux qui, par leurs travaux ou leurs produits, rendent des services immenses à l'agriculteur.

Ces animaux, vous les connaissez; leurs noms sont sur le bord de vos lèvres : le bœuf, la vache, le veau, la brebis et le mouton avec le petit agneau, et bien d'autres que je passe sous silence afin de ne pas trop allonger notre liste.

Quant au cheval, à l'âne, au mulet, nous en parlerons plus tard.

On voit pourtant des fermiers qui maltraitent ou, tout au moins, qui laissent maltraiter par leurs valets et leurs servantes, de pauvres bêtes qui leur sont d'un si grand rapport. Il y a dans ce fait, non-seulement de la cruauté, de l'ingratitude, mais encore un oubli complet de ses intérêts les plus chers.

Les animaux bien soignés et traités avec douceur, sont mieux portants ; conséquemment, ils travaillent ou ils rendent davantage.

Comment a-t-on le triste courage, le mauvais cœur de les rudoyer, ces bonnes bêtes ? La brebis, par exemple, qui n'est que trop souvent la victime des petits bergers, d'abord ; puis, des marchands de bestiaux ?

Je me rappelle précisément une jolie fable de Lessing ; elle est là, traduite dans ce livre, et je veux vous en donner lecture.

« La brebis avait beaucoup à souffrir des mauvais traitements de tous les autres animaux ; elle s'en plaignit à Jupiter (le maître des dieux du paganisme), qui l'écouta avec bienveillance et lui dit :

» — Ma bonne créature, je vois bien que je t'ai créée avec trop peu de défense ; c'est une injustice qu'il faut que je répare. Veux-tu que j'arme tes pieds de griffes, et ta bouche de dents terribles ?

» — Oh ! non, dit la brebis, je ne veux pas être semblable aux animaux carnassiers.

» — Aimes-tu mieux que je cache un venin subtil sous tes dents ?

» — Ah ! reprit la brebis ; les bêtes venimeuses sont si détestables !

» — Eh bien, que veux-tu donc ? je vais attacher des cornes à ton front, et donner à ton cou plus de force.

» — Point du tout, père bienfaisant ; je pourrais devenir un animal aussi querelleur que le bouc.

» — Cependant, si tu veux que les autres n'osent te nuire, il faut que tu puisses nuire toi-même.

» — Il faut cela ! dit la brebis en gémissant ; alors, père bienfaisant, laisse-moi telle que je suis ; car le pouvoir de nuire en excite, je crains, le désir ; et j'aime mieux souffrir le mal que de le faire. .

» Jupiter bénit la bonne brebis ; et, de ce jour, elle oublia de se plaindre. »

Ce petit conte n'est-il pas touchant, et ne peint-il pas bien la douceur et la résignation de cette pauvre bête ?

Dans toutes les parties de l'ancien monde où le climat et la nature du sol ont permis qu'on se livrât avec succès aux travaux de l'agriculture, le bœuf a toujours été, avec raison, considéré comme le plus utile serviteur de l'homme. Afin de le mieux protéger, les lois civiles et religieuses, dans l'enfance des sociétés, l'ont presque toujours pris sous leur sauvegarde. Jusque dans les temps modernes, les Grecs de l'île de Chypre et de quelques autres contrées refusaient de se nourrir de sa chair ; ils confondaient dans le même mépris le laboureur qui tuait, pour le manger, le vigoureux compagnon de son travail, et l'homme qui mangeait un ennemi tué sur le champ de bataille.

La loi mosaïque, dont j'ai déjà eu l'occasion de vous

parler, voue à l'anathème celui qui tue une vache.

Le bœuf, dit Pline, un ancien savant, était en si grand respect chez nos ancêtres, qu'on cite l'exemple d'un citoyen accusé devant le peuple et condamné, parce qu'il avait tué un de ses bœufs pour satisfaire la fantaisie d'un jeune gourmand. Il fut banni, comme s'il eût tué son métayer.

Un autre auteur, Columelle, va plus loin encore ; il dit que tuer un bœuf constitue un véritable crime capital, c'est-à-dire un de ces crimes qui font condamner à mort ceux qui s'en rendent coupables

Une telle législation était certainement bien rigoureuse ; mais elle témoigne que l'animal qu'elle prenait ainsi sous sa protection, a des droits à tous nos soins. Ce n'est donc vraiment pas trop exiger que de demander pour toutes ces pauvres bêtes : bonté, douceur et compassion.

L'une nous donne son lait, l'autre la laine de sa toison, une autre partage les durs et pénibles travaux du laboureur. Ce sont de braves et vaillants serviteurs que nous devons aimer par reconnaissance, et ménager par intérêt, je ne saurais trop vous le répéter.

Mais heureux celui qui, prodiguant tous ses soins aux animaux dont je viens de vous parler, pourra se dire avec Jean-Jacques Rousseau :

« Mon intérêt n'est pas le seul mobile de mes sentiments. »

Les enfants étaient réunis dans le jardin qui, depuis les beaux jours, avait remplacé le petit salon pour les entretiens du dimanche; tante Émélie seule, n'était pas là. Partie, le matin, pour aller voir une de ses amies, habitant un village situé à quelques lieues de Bruxelles, et dont on fêtait précisément la ducasse, elle avait fait dire à ses petits auditeurs qu'elle serait de retour pour la sortie des vêpres.

Elle arriva, enfin; son visage était contracté comme sous le coup d'une violente émotion.

— Mes enfants, dit-elle, quand elle eut pris place au milieu d'eux, vous me voyez dans une grande colère; cela ne m'arrive pas souvent, Dieu merci; mais la vue des infamies auxquelles j'ai assisté, aujourd'hui,

1. *Ducasse*, fête d'une commune dans le pays wallon, comme on dit *Kermesse* dans les Flandres, comme on dit *Pardon* dans certains villages de la Bretagne.

m'a mise hors de moi. J'en suis toute malade de chagrin et d'indignation; et je veux dégonfler avec vous
mon pauvre cœur. Cela me fera peut-être du bien, et
vous servira en même temps de leçon.

Je reviens de... mais non, je ne veux point nommer
cet endroit, afin de ne pas faire rougir de honte ceux
qui permettent d'aussi abominables plaisirs. Au surplus, l'autorité supérieure sera probablement préve-
nue, et elle mettra bon ordre, assurément, à toutes
ces cruautés.

C'était la ducasse, ou autrement dit, la fête du pays.

Quelle fête ! vous allez en juger.

Ici, un homme, les yeux bandés, s'avance un sabre à
la main dans la direction où il sait qu'est attachée une
oie; quand il croit être arrivé à portée, il lance un
coup de sabre, frappe dans le vide, ou sur le corps du
pauvre animal, qui est ainsi la victime d'une foule de
mauvais drôles, jusqu'à ce que l'un d'eux lui abatte la
tête, auquel cas il est déclaré vainqueur et empo.te
l'oie pour la mettre à la broche.

Plus loin, au-dessus d'un étang, une anguille vivante
est suspendue à une longue corde tendue d'un bord à
l'autre. Un concurrent s'élance à l'eau, nage vers l'anguille et lui prend la tête entre ses dents. Alors, on
tire la corde, élevant en l'air anguille et garçon, l'un
tenant l'autre; et ce supplice dure pour la pauvre
bête (l'anguille), jusqu'à ce que la mauvaise bête (cette
fois, je parle de l'homme), retombe à l'eau, vainqueur

ou vaincu, c'est-à-dire avec ou sans la tête de l'animal.

Vainqueur, il emporte l'anguille, qu'il va achever de manger cuite, après l'avoir goûtée vivante.

D'un autre côté, un tas d'imbéciles, pour ne pas dire plus, s'amusent à voir deux coqs s'entre-déchirer, s'arracher les plumes, se mettre en sang, et l'on parie pour celui-ci, pour celui-là, pour celui enfin qui enlèvera les plus gros morceaux de chair à son antagoniste.

Et il y a des gens qui se complaisent à voir de pareils spectacles! et l'on rit, on applaudit à ces prouesses dignes de véritables sauvages! Ne voilà-t-il pas de séduisantes récréations pour un peuple qui se prétend civilisé! On s'étonnera, après cela, qu'il y ait chaque jour des criminels. Moi, une seule chose me surprend, c'est qu'une population qui se livre à de pareils amusements ne produise pas un plus grand nombre de scélérats.

Vous me regardez avec de grands yeux étonnés; vous ne comprenez pas quels rapports il peut y avoir entre tel individu qui se plaît à faire souffrir les animaux, et tel autre qui devient le meurtrier de ses semblables. Il y en a de très-grands, je vous assure.

Un écrivain a dit, et nous avons vu que la Société protectrice avait tracé sur les murs de son pavillon à l'Exposition universelle: L'homme n'a pas deux cœurs; l'un cruel envers les animaux, l'autre bienveillant pour les hommes.

C'est là une grande vérité.

Interrogez, les uns après les autres, ceux qui sont condamnés pour quelque crime; fouillez dans leur vie passée, et vous trouverez que tous ont été des enfants cruels, torturant à plaisir les animaux.

Je vous ai parlé, dernièrement, de Néron, cet empereur romain si renommé pour sa cruauté. Un autre qui ne lui cédait en rien sur ce point, et qui fit aussi couler des flots de sang dans son empire, s'amusait, étant enfant, à arracher les ailes aux mouches et à leur traverser le corps avec une aiguille.

En principe, tenez pour certain ce dicton :

Enfant cruel, homme féroce!

D'un autre côté, soyez assurés qu'une nation qui conserve, dans ses usages, des jeux semblables à ceux que je vous ai décrits tout à l'heure, est une nation perdue, si elle ne s'arrête pas dans une aussi mauvaise voie.

On ne se rend pas assez compte, par exemple, de l'influence fatale qu'ont, pour les destinées de l'Espagne, les courses de taureaux, hideux spectacles! qu'on voudrait en vain essayer d'introduire en France. Les hommes de cœur, les femmes généreuses et compatissantes écouteront la voix éloquente de M. le docteur Blatin, qui les adjure, « au nom d'un intérêt public, de protester de concert contre l'immoralité cruelle et dangereuse d'une importation qui tente encore de franchir nos frontières. »

Un dimanche, au moment de commencer son entretien, tante Émélie s'aperçut que l'une des petites
filles, Micheline, avait les yeux rouges et tout gon-
flés. L'enfant avait pleuré longtemps, cela se voyait
de reste ; la bonne dame voulut connaître les causes
d'un aussi grand chagrin. Micheline, qui était très-
douce, et n'avait pas le vilain défaut d'être rappor-
teuse, se remit à pleurer, mais ne voulut point accu-
ser la compagne qui faisait couler ses larmes. Tante
Émélie dut alors parler sévèrement et exiger des
autres enfants qu'ils lui dissent la vérité. On lui apprit
que Benoite, ayant eu une petite discussion avec Micheline, lui avait dit qu'elle était *bête comme une oie !*

Tante Émélie gronda Benoite ; elle lui fit comprendre qu'il est d'un mauvais caractère de dire des
choses désagréables et offensantes. En agissant de

cette manière, on finit par se faire mépriser, détester de tout le monde.

Benoite promit qu'elle ne commettrait plus une telle faute; elle demanda pardon à Micheline, qui l'embrassa de bon cœur et essuya ses yeux. La paix était conclue; mais tante Émélie profita de ce petit incident pour en faire le sujet de l'instruction de ce jour.

Parmi les animaux qui nous sont le plus familiers, dit-elle, il en est bien peu dont le nom ne rappelle aussitôt à l'esprit quelque défaut ou quelque qualité, et qui ne figure, à ce titre, dans les proverbes dont abonde notre langue.

Vous n'ignorez pas, sans doute, ce que l'on entend par *proverbe?*

Un proverbe est une espèce de sentence, de maxime exprimée en peu de mots, qui passe de bouche en bouche, est consacrée par un long usage et finit par devenir populaire. On dit assez ordinairement que *les proverbes sont la sagesse des nations,* pour faire entendre qu'ils ne sont adoptés définitivement qu'après une certaine étude, un examen approfondi, et qu'ils deviennent ainsi l'expression de l'expérience.

Cela est vrai pour la plupart de ces dictons; mais quant à ceux dont les animaux font les frais, il y a beaucoup à en rabattre, et bien des proverbes auraient été rayés de notre vocabulaire, si les pauvres bêtes avaient pu réclamer, ou seulement être consultées.

Je veux protester ici, en leur nom, pour quelques-unes du moins.

Voici l'oie, par exemple, que l'on a prise pour l'emblème de la bêtise ; eh bien, je suis convaincue qu'on lui a fait grand tort, et qu'en fin de compte, ce n'est pas du tout une injure de dire à quelqu'un qu'il est *bête comme une oie*, cette dernière ayant, en effet, oublié d'être bête, dans le mauvais sens de cette expression.

L'oie, même dans l'état de dégradation où l'a réduite une longue servitude, a des qualités qui la recommandent à notre estime. La femelle a pour ses petits autant de tendresse que la poule en a pour les siens; et le mâle, appelé *jars*, prend part à la défense de la famille, ce que ne fait point le coq dont l'humeur querelleuse est pour la basse-cour une cause de troubles, bien plutôt qu'un motif de sécurité. Le jars a certainement l'air moins martial que le coq, il a un plumage moins éclatant ; mais, au moment du danger, il montre tout autant de courage. Qu'un étranger suspect, qu'un chien vagabond s'approche du troupeau, le jars se présente à l'instant, sifflant d'une manière menaçante, et tout prêt à frapper l'ennemi de l'aile ou du bec.

On vante la vigilance du coq; celle de l'oie n'est pas moins digne d'éloges.

On assure que, bien longtemps avant le chien, l'oie fut chargée de veiller à la sûreté des habitations de la campagne. A quelque heure de la nuit, que le renard, le putois ou la fouine se montrent, l'oie reconnaît de loin leur présence dangereuse, elle donne l'éveil au maître du logis. Ses cris ont plus d'une fois annoncé l'approche du voleur ou signalé celle de l'ennemi. Jusqu'aux derniers temps de la République romaine, on avait grand soin de placer des oies sur les remparts des villes assiégées ; elles tenaient lieu de sentinelles vigilantes, et ne se laissaient jamais surprendre. C'est ainsi qu'elles avertirent, par leurs cris, la garnison romaine du Capitole de l'assaut que préparaient les Gaulois.

Cet acte de vigilance ne fut pas, comme on l'a prétendu, un cas fortuit, mais bien l'accomplissement fidèle d'une consigne.

L'oie n'est donc pas aussi bête qu'on veut bien le dire. On sait qu'elle est affectueuse et susceptible d'éprouver un véritable attachement ; or, bon cœur et bêtise ne marchent pas ensemble.

Enfin, quand on songe que, pendant des siècles, avant l'invention des plumes de fer, c'est le plumage de l'oie qui, entre les doigts des savants, des hommes de génie, servit à tracer ces ouvrages immortels qui font la gloire de l'humanité, on ne saurait s'empêcher de confondre un peu l'instrument avec l'ouvrier de la pensée qui l'a manié.

Buffon, ce grand écrivain qui connaissait si bien les animaux, se servant des plumes de l'oie pour écrire

son Histoire de la nature, me donne une preuve nouvelle que ce pauvre animal est relégué à tort dans les
rangs de l'idiotisme.

II

Continuons de démontrer la fausseté, l'injustice de
quelques proverbes établis sur les animaux.

On dit : *Sale comme un porc!*

Voici comment M. Bourguin réfute cette sentence :

« Quel dommage, dit-on, que le cochon soit si sale,
et qu'il ne se plaise que dans les ordures et dans la
fange !

» C'est là une erreur malheureusement trop commune et dont le cochon est victime. Sous prétexte
qu'il est naturellement sale, on le tient dans des loges
humides, malsaines, infectes; et on le laisse dans la
malpropreté.

» On ne réfléchit pas que le sanglier, qui est le cochon sauvage, est très-propre dans les habitations
qu'il se creuse. Si le cochon domestique se vautre
dans la fange, c'est pour rafraîchir sa peau, souvent
toute couverte de boutons d'échauffement, ou attaquée
par la vermine, résultat de la négligence de ceux qui
le soignent.

» Croyez bien que l'animal aimerait mieux se plonger dans une eau pure. Chez tel fermier, on nettoie

et on lave fréquemment la loge occupée par les co-
chons, on tient leur auge très-propre, on les mène
souvent au bain, on les brosse et on les étrille de
temps en temps. Ils ne s'en portent que mieux et en-
graissent plus vite.

» Si quelquefois on voit, l'hiver, un porc s'enterrer
presque complétement dans un tas de fumier, cela ne
prouve qu'une chose : c'est qu'il n'a pas une bonne li-
tière dans son étable. »

C'est un rat ! dit-on d'une personne avare, égoïste,
comme pour insinuer que ce petit rongeur se fait re-
marquer par ces deux vilains défauts. Il n'en est rien,
soyez-en bien assurés.

On le dit avare, parce qu'il a ses magasins où il
entasse des provisions pour les jours de disette. Mais
c'est là un sentiment de prévoyance et d'économie, qui
lui est commun avec bien d'autres animaux ; la fourmi,
par exemple.

Égoïste ! Il ne l'est pas non plus ; le fait suivant en
est une preuve.

Un officier de marine, M. Purdew, écrit ainsi de
Spithead à l'un de ses amis :

« J'étais, ce matin, dans mon lit, occupé à lire ; j'ai
été tout à coup interrompu par un bruit semblable à
celui que font des rats qui grimpent contre une cloi-
son. (M. Purdew était alors dans un vaisseau.) J'ai
observé attentivement. J'ai vu paraître un rat sur le
bord d'un trou ; il a regardé de tous côtés, et s'est

ensuite retiré. Un moment après, il a reparu. Il conduisait par l'oreille un rat plus gros que lui, et qui
paraissait vieux. L'ayant laissé sur le bord du trou,
un autre jeune rat s'est joint à lui; ils ont tous deux
parcouru la chambre, ramassant des miettes de biscuit, qui, au souper de la veille, étaient tombées de la
table. Ils les ont portées à celui qui était resté à l'entrée de leur retraite.

» Cette attention m'a étonné; j'ai observé encore
avec plus de soin. J'ai jugé que le rat auquel les deux
autres portaient à manger était aveugle, parce qu'il
ne trouvait qu'en tâtonnant avec son museau le morceau de biscuit qu'on lui présentait. Je n'ai pas douté
que les deux jeunes rats ne fussent les enfants et les
pourvoyeurs assidus de ce vieil aveugle.

» Tandis que j'admirais la nature qui met au cœur
des plus infimes animaux les meilleurs sentiments,
notre chirurgien-major a ouvert la porte de ma cabine;
les deux jeunes rats ont poussé un cri, comme pour
avertir l'aveugle; et, malgré leur frayeur, ils n'ont
pas voulu se sauver que le vieux ne fût en sûreté. Ils
sont rentrés dans le trou après lui, servant, pour ainsi
dire, d'arrière-garde. »

Allez donc, après un pareil trait, taxer le rat
d'égoïsme.

Oh ! non pas.

L'égoïste est celui qui ne s'inquiète que de ses propres satisfactions. Que lui importe que les autres, au-

tour de lui, soient dans le besoin ! Il ne s'en preoccupe guère. L'essentiel pour lui, c'est qu'il ne manque de rien ; quant aux malheureux, qu'ils s'arrangent comme ils pourront.

N'oubliez jamais l'histoire de mes deux jeunes rats, mes enfants; j'ai assez bonne opinion de votre cœur pour être persuadée que vous ne voudrez point être inférieurs, sous le rapport des sentiments généreux, à des animaux qui passent pour être les plus abjects et les plus repoussants.

III

Ignorant comme un âne !

Pourquoi avoir délivré ainsi, à l'âne, ce brevet de sottise et d'ignorance ? Cela est fort injuste. Je ne prétends pas dire qu'il mérite le titre de savant, bien que nous ayons vu, plusieurs fois, dans nos rues, des baudets à qui l'on donnait ce nom, et qui, par leurs tours intelligents, semblaient s'en rendre dignes. Mais entre la science et l'ignorance, il y a beaucoup de places libres ; et l'animal dont nous parlons mérite, assurément, qu'on lui en assigne une.

Un auteur que je lisais, ce matin, vante ses bonnes qualités. « C'est, dit M. Bourguin, un modèle de sobriété, d'humilité, de résignation. Il n'est pas exigeant, il n'abuse de rien, il allége par sa constance les rudes épreuves de sa mauvaise fortune. »

« J'ai eu souvent occasion, ajoute le même écrivain, de me convaincre que l'intelligence de l'âne est bien supérieure à ce qu'on croit communément. Il est précieux dans les pays de montagnes, à cause de son adresse à marcher dans les sentiers pierreux, et de son pied toujours sûr, même dans les descentes les plus rapides.

» Sachons mieux reconnaître les bons et pénibles services de l'âne. Il est susceptible d'éducation et s'attache à son maître, quand, ce qui malheureusement est rare, il en est bien traité. »

M. de Buffon assure que l'âne est, de son naturel, aussi patient, aussi humble, aussi tranquille, que le cheval est fier, ardent, impétueux.

De l'humilité, de la patience ; ne serait-ce pas précisément à cause de ces bonnes qualités que le pauvre Aliboron passe pour inepte? Hélas ! il en est un peu ainsi parmi les hommes. Mais mieux vaut encore être calomnié, qu'être calomniateur. On conserve sa propre estime, et l'on acquiert celle des honnêtes gens.

Il m'est donc avis que l'âne, avec sa patience, sa résignation, sa constance à toute épreuve, son stoïcisme même, est bien plutôt un philosophe qu'un ignorant.

Il est vrai qu'aux yeux des sots et des gens vulgaires, l'un ne vaut pas mieux que l'autre.

Entêté comme un mulet!

Je me bornerai à répondre ceci.

Le duc de Vendôme, en franchissant les **Pyrénées** pour se rendre de France en Espagne, fut témoin des luttes d'obstination qui s'élèvent fréquemment entre les mules et leurs conducteurs. A la honte de l'humanité, rapporte-t-il, j'ai dû reconnaître que presque toujours la raison était du côté des mules et l'entêtement du côté des muletiers.

Voilà comment se font les réputations. Si les animaux pouvaient parler, ils seraient bien souvent en droit de dire aux hommes :

Vous donnez sottement vos qualités aux autres.

L'écrevisse ne ferait-elle pas bien de réclamer contre cet absurde dicton :

Marcher comme une écrevisse !

c'est-à-dire aller à reculons, désapprendre au lieu de progresser.

— Mettez vos lunettes, dirait le petit crustacé, et vous verrez, messieurs les mauvais plaisants, que je marche, pour le moins, tout aussi droit que vous.

On dit encore :

Faire le chien couchant !

quand on veut désigner un des plus vilains caractères qui soient au monde : l'homme bas et rampant qui flatte la richesse et la puissance afin d'obtenir quelques-unes de leurs faveurs.

Et c'est le chien que l'on prend pour type d'une aussi lâche conduite ; le chien, ce noble animal, si bon, si doux, si dévoué !

Sachez-le bien, une bonne fois pour toutes, vous qui faites des proverbes si faux, vous qui les colportez partout avec tant d'assurance, le chien ne rampe qu'aux pieds de son maître, celui-ci fût-il le plus pauvre, le plus misérable des hommes. Jamais il ne se courbera devant un étranger, quelque puissant que soit ce dernier. Ce n'est certes pas là *faire le chien couchant;* et si l'acte peut, malheureusement, s'appliquer parfois à quelques individus de l'espèce humaine, il serait temps de changer l'expression consacrée, en rendant au chien la justice qui lui est due.

Je pourrais vous citer bien d'autres proverbes aussi peu mérités que les précédents : *Colère comme un dindon;* — *orgueilleux comme un paon*; — *traître comme un chat*; — *paresseux comme une couleuvre*; — *étourdi comme une linotte*, etc. Mais je vous en ai dit assez pour que vous vous défiiez de ces maximes erronées, et que, même en paroles, vous vous montriez équitables envers ces pauvres animaux tant persécutés, tant maltraités, tant calomniés.

Il en est un pour lequel on s'est montré moins sévère : *Adroit, malin, spirituel comme un singe,* dit-on. L'homme ne l'a sans doute ainsi favorisé qu'à cause des traits de ressemblance qu'ils ont entre eux.

LES ANIMAUX DOMESTIQUES

Songeant, ce matin, à ce que j'allais avoir à vous dire, je lus la traduction d'une Revue anglaise, et j'y trouvai le thème, autrement dit le sujet de notre entretien. Je vais essayer de vous exposer cela en substance.

Parmi les naturalistes, Buffon est le premier qui se soit sérieusement occupé des animaux domestiques, c'est-à-dire de ceux qui vivent dans l'intimité de l'homme. Ils ont même reçu le premier rang dans son immortel ouvrage. Loin de s'appliquer, comme les autres auteurs, à les tenir dans l'ombre, il les a mis en lumière par-dessus tous les animaux.

A notre époque, M. Isidore Geoffroy Saint-Hilaire s'est également efforcé de tourner toutes les ressources de la science vers les animaux domestiques ; et voici quels sont les principes sur lesquels il a appuyé sa doctrine.

La classification des animaux utiles à l'homme doit naturellement chercher sa base, non dans la constitution de ces animaux, mais dans l'homme lui-même. Il convient de les classer d'après le genre de leur utilité; il faut disposer les groupes suivant le degré, l'importance de cette utilité.

D'après ce système, le premier groupe renfermera les animaux qui sont le plus utiles à l'homme, lesquels sont ceux dont il tire parti pour alléger son travail sur la terre, comme le cheval, le chameau, le chien, le chat, le furet, le pigeon messager, etc.

Ce sont les *auxiliaires*.

Le second groupe comprend les animaux qui fournissent à l'homme des produits propres à le nourrir, soit du lait, soit d'autres sécrétions, soit de la chair; tels que le bœuf, le mouton, le porc, le lapin, le canard, les poissons, les abeilles, etc.

Ce sont les *alimentaires*.

Le troisième groupe est celui des animaux qui fournissent des produits à l'industrie; comme le ver à soie, la cochenille, etc.

Ce sont les *industriels*.

Enfin, le quatrième groupe réunit tous ceux qui, sans aucun service réel, concourent aux plaisirs de l'homme, soit par leur chant, soit par l'élégance de leurs formes, soit par l'éclat de leurs couleurs : le serin, le faisan doré ou argenté, le cyprin de la Chine, le perroquet, etc.

On leur a donné le nom d'animaux *accessoires*.

Cette classification, que vous avez dû bien comprendre, mes enfants, si vous m'avez écoutée avec attention, n'a rien d'absolu ; il s'en faut qu'on puisse décidément attribuer le premier animal venu à un groupe plutôt qu'à un autre.

Ainsi le bœuf qui, lorsqu'il traîne la charrue, appartient aux *auxiliaires*, n'appartient pas moins aux *alimentaires*, considéré comme viande de boucherie.

Le mouton, la brebis, ne sont pas seulement *alimentaires* par la chair et le lait ; ils sont encore *industriels* par leur laine.

Le cygne, qui est *industriel* par son duvet, n'est pas moins recherché comme *accessoire* pour le plaisir des yeux.

Ainsi, de quelque façon qu'on les considère, les animaux domestiques nous sont on ne peut plus utiles ; beaucoup nous sont indispensables. Si quelques-uns servent à nos plaisirs, le plus grand nombre sert à nos besoins.

Il est donc de notre intérêt le plus vrai, le plus immédiat, de les soigner, de les traiter avec douceur, puisque, comme je vous le disais il y a quelques dimanches, leurs services sont en rapport direct avec les bons soins dont nous les entourons.

Vous connaissez tous, pour l'avoir apprise par cœur, cette fable du bon La Fontaine :

LA POULE AUX OEUFS D'OR

L'avarice perd tout en voulant tout gagner
Je ne veux, pour le témoigner,
Que celui dont la poule, à ce que dit la fable,
Pondait tous les jours un œuf d'or.
Il crut que dans son corps elle avait un trésor,
Il la tua, l'ouvrit, et la trouva semblable
A celle dont les œufs ne lui rapportaient rien,
S'étant lui-même ôté le plus beau de son bien.

La morale que le fabuliste tire de ce fait, est celle-ci :

Belle leçon pour les gens chiches!
Pendant ces derniers temps, combien en a-t-on vus
Qui, du soir au matin, sont pauvres devenus,
Pour vouloir trop tôt être riches!

C'est là, certainement, une grande vérité dont il est bon de faire son profit. Mais je trouve que cette fable renferme encore un autre enseignement.

Elle nous apprend à ménager nos animaux domestiques, si nous voulons qu'ils nous donnent, le plus longtemps possible, la somme de services que nous leur demandons. Les exténuer par des travaux au-dessus de leurs forces, les affaiblir, les rendre malades par de mauvais traitements, c'est imiter la folle cruauté de celui qui égorgeait stupidement sa poule, afin de trouver en elle, dans un seul jour, tous les œufs d'or qu'elle paraissait destinée à lui fournir dans l'espace de plusieurs mois et même de plusieurs années.

LE CHEVAL

J'aurais voulu, mes chers enfants, suivant la classification ingénieuse du savant Isidore Geoffroy-Saint-
Hilaire, vous parler en détail de tous les animaux
domestiques : *auxiliaires, alimentaires, industriels* et
accessoires. Vous auriez vu que chacun d'eux, du
plus grand au plus petit, contribue largement au
bien-être de notre existence; et que, — ce n'est
pas sans intention que je le répète, — c'est dans
notre intérêt, sinon par bonté, par compassion, que
nous devons les traiter avec douceur et leur prodiguer tous nos soins. Mais une telle étude nous conduirait bien loin. Il nous faut donc faire un choix
parmi ces nombreux serviteurs, ces nombreux amis
de notre foyer.

J'en choisirai deux; les plus utiles, peut-être;
mais assurément les mieux doués; et, en même

temps, par une inconcevable folie de l'espèce humaine, les plus généralement maltraités.

Vous m'avez comprise, sans doute; vous devinez que je veux vous parler du cheval et du chien.

Commençons par le premier de ces intéressants animaux.

Buffon, avec cette autorité qui est le sceau de ses écrits, résume en une seule ligne toutes les apologies que l'on a pu faire du cheval.

« Ce fier et fougueux animal, dit-il, est *la plus noble conquête* que l'homme ait jamais faite ! »

Et cependant, malgré les services immenses qu'il nous rend, malgré les preuves d'attachement qu'il nous prodigue, comment est-il traité, le plus souvent?

Jeune, beau, vif, plein d'ardeur, on le soigne, on l'aime, on lui fait fête, il est vrai; mais convenons que c'est bien plus par amour-propre que par bienveillance. Quand arrive la vieillesse, avec ses infirmités et ses défaillances, alors qu'il lui faudrait être plus ménagé, on le voue, au contraire, aux travaux les plus pénibles, on l'accable de coups, de mauvais traitements; c'est presque à regret, et avec une odieuse parcimonie, qu'on lui accorde la nourriture qui devrait réparer ses forces épuisées.

Quelle ingratitude !

Je vous ai déjà parlé de la loi mosaïque, ce code donné par Moïse aux Israélites; voici un de ses articles, à propos du cheval :

Lorsqu'un cheval ou un âne auront longtemps servi une famille, celle-ci leur devra le repos et une bonne nourriture, dans leurs vieux jours.

Il est consolant de voir la religion prendre en main les intérêts des pauvres animaux.

Il y a des peuples pour qui le cheval est un véritable ami; ainsi, rien n'égale l'affection presque fraternelle, la prédilection décidée que les Arabes portent à leurs montures. Cette affection est fondée, non-seulement sur l'utilité que les tribus nomades, dans leur vie active et vagabonde, retirent de ces vaillants animaux; mais encore sur une ancienne croyance qui doue le cheval de sentiments nobles et généreux.

Le cheval, disent les Arabes, est la plus belle créature, après l'homme. La plus noble occupation est de l'élever; le plus délicieux amusement est de le monter; la meilleure action domestique est de le soigner. Ils ajoutent, d'après leur prophète Mahomet :

Autant de grains d'orge donnés au cheval, autant d'indulgences méritées dans le ciel.

Objet d'un aussi tendre attachement de la part de son maître, le cheval arabe lui rend affection pour affection; ce sentiment est même si puissant en lui, qu'il développe son intelligence à un point extraordinaire. Lamartine, un des plus grands génies de notre époque, nous en raconte un touchant exemple dans son *Voyage en Orient*.

Si, par une heureuse fortune, cet ouvrage vous

tombe un jour sous la main, ne manquez pas de lire l'épisode du cheval de l'Arabe Abou-el-Masch, qui au prix de sa vie, délivra son maître fait prisonnier par les cavaliers du pacha d'Acre.

Cet exemple attendrissant d'une intelligence aussi dévouée, n'est pas le seul que nous fournisse le cheval; on en pourrait citer un bon nombre.

Le coursier d'Alexandre le Grand, roi de Macédoine; de nos jours, celui d'Abd-el-Kader, le fougueux émir arabe, ont également succombé après avoir rempli la noble tâche d'arracher leurs maîtres à des ennemis victorieux.

II

Voici un fait du même genre que ceux dont nous avons parlé dimanche dernier; comme il n'est pas connu, je me fais un vrai plaisir de vous donner lecture de la lettre qui me l'a signalé[1].

Dans le petit village de Bournabachi, situé à deux ou trois lieues de Smyrne, vivaient, il y a quelques années, un riche négociant et sa femme. Un soir, Mme N... se sentit assez gravement indisposée pour que la présence d'un médecin lui fût immédiatement

1. Cette lettre a été adressée à l'auteur de ce livre par M. Tig ano Effendi Abro, attaché au cabinet de Nubar-Pacha, ministre des affaires étrangères en Égypte.　　　　　　　　　　　　　A. H.

indispensable. M. N..., ne voulant s'en remettre qu'à lui seul du soin d'aller chercher l'homme de l'art, monta à cheval, et prit le galop jusqu'à Smyrne.

Il revenait en toute hâte, ramenant avec lui le docteur, lorsqu'à mi-chemin, à l'entrée d'un bois, tous deux furent arrêtés par la bande du fameux Katergiani, dont les déprédations jetaient la terreur dans le pays.

Dès que les voleurs surent que l'un de leurs prisonniers était médecin, ils songèrent à l'attacher à leur bande, afin d'avoir toujours sous la main un homme habile à panser les blessures, à soigner les horions auxquels ne les exposait que trop leur existence aventureuse. Le docteur fut donc conduit dans une des tentes, et là, suivant l'usage oriental, on mit à sa disposition du tabac, une pipe et du café. Il devenait ainsi l'hôte de Katergiani, et sa personne était sacrée.

Quant au pauvre négociant, il eut un tout autre sort.

On le jeta sur le sol, on lui lia solidement les poignets et les pieds avec des cordes dont les extrémités s'attachaient à des piquets fichés en terre, et séparés les uns des autres de telle façon que le corps de la triste victime représentait assez bien la forme d'un X.

On peut se figurer les angoisses de M. N..., qui se trouvait dans un aussi déplorable état, loin de sa femme, et précisément à l'heure où elle avait si grand besoin de lui. A plusieurs reprises il essaya de briser ses liens, mais chaque effort qu'il faisait pour arriver à ce résultat, ne servait qu'à resserrer les cordes et à lui meurtrir les membres.

Fatigué, désolé, il se laissa aller au découragement, ne sachant trop si le jour suivant ne serait pas celui de sa mort.

Quelques heures se passèrent ainsi; tous les bandits, sous leurs tentes, se livraient au sommeil; la nuit était calme, le silence profond.

M. N..., que l'inquiétude tenait éveillé, aperçut son cheval qui, sans entraves, paissait non loin de lui. Il l'appela doucement, afin de pouvoir, une dernière fois, échanger un regard avec un serviteur dévoué, un compagnon fidèle, un ami. Le cheval accourut à la voix de son maître, il lui lécha les mains, le flaira, tourna autour de lui, et finit par comprendre, avec son instinct, ce qu'aucune langue ne pouvait lui exprimer.

Il essaya d'abord, mais inutilement, de ronger les cordes; puis il tourna ses efforts vers les piquets qu'il parvint à briser de son sabot vigoureux. M. N... put alors se débarrasser de ses liens et sauter en selle. Comme s'il se fût rendu compte des dangers que courait son maître, le brave animal partit ventre à terre.

En moins d'une heure, la distance fut franchie; le négociant, à peine arrivé, se précipita dans l'appartement de sa femme que torturait l'inquiétude plus encore que la souffrance. Sur le moment, tant l'émotion était grande au logis, personne ne s'occupa du cheval, qui, de lui-même, rentra dans son écurie.

Au matin, on l'y retrouva mort.

Frappé, au commencement de sa fuite, par la balle d'une sentinelle des bandits, mais ayant l'intuition du péril qui menaçait son maître, il avait fait taire la douleur devant le devoir, et avait succombé victime de son noble dévouement.

Que de faits semblables on aurait à enregistrer dans l'histoire du cheval ! Que de preuves d'attendrissement, que de témoignages d'affection prodigués par ce véritable ami de l'homme ! — Parfois, à bout de patience, il se révolte contre la brutalité dont il est victime depuis trop longtemps ; mais ses gages de sensibilité sont bien plus nombreux que ses actes de colère. Vous avez tous vu, sans doute, aux vitrines des marchands d'estampes, cette gravure qui eut autrefois un si grand succès et qui a pour titre : *Le cheval du trompette*. C'est la reproduction d'un fait historique. Un pauvre soldat, un trompette vient d'être tué dans un combat, il est étendu à terre ; à son bras, raidi par la mort, est passée la bride de son cheval. Celui-ci se penche vers son maître, il l'examine avec une douloureuse surprise, il comprend la perte qu'il a faite, et, dans sa pose, dans son regard, dans ses naseaux qui se gonflent, tout accuse un sentiment de pénible émotion, que l'artiste a rendu admirablement.

III

Lorsque j'ai commencé nos entretiens, je ne soup-
çonnais guère qu'il me faudrait toucher à bien des con-
naissances dont je ne m'étais que médiocrement
occupée jusqu'à ce jour ; aussi ai-je dû souvent avoir
recours à ma petite bibliothèque, afin de me remettre
en mémoire toutes les choses que j'avais à vous expliquer. Voilà qu'aujourd'hui je dois vous parler de l'intérieur du corps des animaux ; c'est une grosse besogne pour une femme ; mais je m'efforcerai d'être claire
et de rester à la portée de vos jeunes intelligences.

Savez-vous ce que c'est que le fiel?

Bon ! vous me regardez avec de grands yeux étonnés. Julienne seule pourrait peut-être me répondre
que c'est une petite poche remplie d'une matière verdâtre d'une fort mauvaise odeur, et que vos mères emploient pour nettoyer les taches que vous avez faites
à vos vêtements de laine. C'est ce que, dans le commerce, on appelle aussi de l'*amer de bœuf*.

Eh bien, cette matière verdâtre, cette petite poche
que l'on nomme scientifiquement *vésicule*, c'est la bile
c'est le fiel que sécrète le foie, et qui, dans l'organisme
des gros animaux, est destiné à servir au travail de
la digestion.

Je vous ai dit que le fiel s'appelle aussi de l'amer ;

rien, en effet, n'approche de son amertume. C'est ce qui fait que, dans le langage figuré des poëtes et des écrivains, on emploie le mot *fiel* pour mieux caractériser un sentiment mauvais, une méchanceté profonde, une amertume, enfin, dans les actions ou dans les paroles.

Des sottises du temps je compose mon fiel

a dit Boileau dont le style était souvent, en effet, passablement acidulé.

Racine, à son tour, met dans la bouche d'une de ses héroïnes dont le cœur déborde de douleur :

Me nourrissant de fiel, de larmes consumée

Enfin, madame de Sévigné, apres avoir adressé à quelqu'un une lettre qui contenait des choses fort dures, fort désagréables, lui écrit ceci :

« Je trempai ma plume dans mon fiel, et cela composa une sotte lettre amère, dont je vous fais mille excuses. »

Vous comprenez bien, n'est-ce pas, quel rapport existe entre le mot *fiel* pris dans son acception propre, c'est-à-dire en parlant de la vésicule voisine du foie, et le même mot pris dans son acception figurée, c'est-à-dire en parlant du caractère d'une personne, de son langage, de ses actions perfides?

Maintenant, voici où je veux en venir.

Confondant entre eux le sens propre et le sens figuré, les Anciens, pour rendre témoignage de l'extrême douceur du cheval, prétendirent qu'il était complétement dépourvu de fiel. Aristote, Pline, des savants dont vous entendrez parler plus tard, soutinrent cette opinion qui, aujourd'hui encore, est adoptée par bien des gens.

Ce qu'il y a de plus curieux, c'est qu'en même temps qu'on privait le cheval de cette matière, on supposait également qu'elle manquait à la colombe qui, vous le savez, est l'emblème de la douceur et de la bonté. Saint Augustin, saint Cyprien, et saint Isidore écrivirent dans ce dernier sens.

C'est là une double erreur que je ne dois pas vous laisser dans l'esprit.

Le cheval, tout aussi bien que la colombe, a, dans la poitrine, une poche de fiel sans laquelle ils ne pourraient digérer ni l'un ni l'autre. Mais il m'a paru intéressant de vous dire quelques mots de l'opinion contraire qui place, au nombre des animaux les plus doux, le cheval sur le même rang que la colombe.

Je sais bien ce que l'on m'objectera ; il y a des chevaux vicieux qui sont loin de posséder cette suprême bonté dont nous parlons. Je ne dis pas non. Mais cela prouve que, chez les animaux aussi bien que chez les hommes, il peut se rencontrer de mauvaises natures qu'il faut corriger par l'éducation, si l'on veut en obtenir quelque chose. Encore, n'est-il pas bien certain que les vices reprochés à quelques

chevaux, ne soient point le résultat des mauvais traitements auxquels ils ont été soumis.

M. Bourguin cite une jument d'un naturel fort doux,
et qui n'avait jamais donné aucun sujet de méconten-
tement. Tout à coup, elle devint inabordable et dangereuse pour tout le monde. Son maître, en cherchant
la cause de ce brusque changement, surprit un valet
qui, seul à l'écurie, frappait sans motif sur la jument
avec une fourche de fer. Ce domestique fut renvoyé.
Celui qui lui succéda s'attacha à gagner l'affection de
la jument; et en peu de jours, elle avait repris son caractère inoffensif.

Ici, comme toujours, ajoute l'auteur, le mal amène
le mal : après avoir rendu ces pauvres animaux imbéciles ou méchants en les brutalisant, on les brutalise
pour les utiliser. Mais c'est encore un mauvais moyen.
C'est seulement par la douceur et les bons procédés,
c'est en prouvant au cheval qu'on ne ne veut pas
lui faire de mal, que l'on peut le corriger de ses défauts. »

IV

L'affection que je porte au cheval n'est cependant
pas poussée au point que je veuille le voir traité
comme une créature humaine, ni qu'on lui élève des

autels. Vous riez, mes enfants ; l'histoire romaine fournit quelques exemples d'une pareille folie.

L'empereur Lucius Vérus fit construire à Volucris, son cheval, un magnifique tombeau dans la vallée du Vatican.

L'empereur Adrien fit également élever un monument funèbre à son cheval favori, Borysthène, et y grava une inscription élogieuse.

Caligula fit plus encore. Il voulut faire nommer consul son cheval Incitatus; et il eût exécuté ce projet extravagant, s'il eût vécu davantage.

Ce sont là de ridicules manifestations; loin de moi la pensée d'en provoquer de pareilles ! Ce que je veux, ce que je ne cesserai de demander jusqu'à ce que le souffle manque à ma poitrine, jusqu'à ce que mon cœur cesse de battre, c'est que le cheval soit bien définitivement, et pour toujours, mis à l'abri des mauvais traitements dont la vue me révolte et m'indigne.

La première torture à laquelle il est soumis, c'est la surcharge. On lui fait traîner ou porter des fardeaux dont le poids excède de beaucoup ses forces. Et remarquez bien que ceux qui agissent ainsi, sont précisément des hommes mous et paresseux. Ils semblent vouloir punir leurs chevaux de leur propre lâcheté dont ils ont honte.

Mais qu'est-ce encore que cela, comparé à la brutalité dont est victime le pauvre animal.

Oh ! les cochers ; et surtout les charretiers !

« Contemporain des temps de barbarie, le charretier est resté le type de la saleté par le costume, de la grossièreté par les paroles, de la férocité par les actions.

» Pour exercer son métier, il n'a pas à subir les lenteurs de l'apprentissage ; il ne lui faut qu'une blouse, une pipe et un fouet. S'il est assez adroit pour couper la peau de son cheval, il va passer maître. Dans cette compagnie, trop souvent ouverte à des fainéants et à des ivrognes, on est dispensé de toute garantie à l'endroit des soins qu'exigent les animaux, et des simples notions qu'il conviendrait d'avoir pour la direction de leurs forces motrices. »

. . . .
Si la corde se casse, il frappe avec le manche,
Et si le fouet se casse, il frappe avec le pied;
Et le cheval sanglant, hagard, estropié,
Baisse son cou lugubre et sa tête égarée.
On entend, sous les coups de la botte ferrée,
Sonner le ventre nu du pauvre être muet.
Il râle; tout à l'heure encore il remuait;
Mais il ne bouge plus et sa force est finie,
Et les coups furieux pleuvent; son agonie
Tente un dernier effort; son pied fait un écart;
Il tombe, et le voilà brisé sous le brancart [1].

Il y a certainement des exceptions, d'autant plus honorables qu'elles sont plus rares. Mais, généralement, les conducteurs de chevaux ne brillent pas par

[1]. MM. Bodin et Dumont, de Monteux.

la douceur. La loi ne saurait se montrer trop sévère contre leurs actes de brutalité ; elle ne saurait protéger avec trop de zèle ce pauvre animal dont le poëte Rosset a dit avec raison

Le cheval aime l'homme, il aspire à lui plaire.

Et M. de Beaupré, de la Société protectrice de Paris : « Le cheval doit être traité comme un ami intelligent, comme un serviteur fidèle et dévoué, comme l'auxiliaire le plus puissant et le plus indispensable de nos travaux. » Quand vous serez devenus grands, mes amis, si vous avez un cheval sous votre direction, traitez-le avec bonté, entourez-le de soins empressés, et vous en serez récompensés par les services qu'il vous rendra, par l'estime de tout le monde et par le bonheur même qui régnera dans votre intérieur.

Voici ce qu'a écrit le docteur Lortet :

« Observez ce voiturier que son cheval suit comme un chien, attentif à sa voix et à son geste ; au poil luisant, marchant d'un pas égal et traînant son fardeau. Si son cheval l'aime, il n'est pas moins aimé de sa femme et de ses enfants.

» Mais l'autre ?

» L'autre, celui qui frappe son cheval, est aussi la terreur de sa famille ; ivre de vin ou de colère, il a toujours un fouet......parfois un couteau à la main. »

Il y a près de cent ans, déjà... ce chiffre vous épouvante, mes pauvres petits, qui comptez tout au plus, dans le léger bagage de votre existence, une dizaine de printemps. Cent ans! pour vous autres qui voyez devant vous ce laps de temps à parcourir, c'est l'éternité! mais pour ceux qui en ont déjà dévidé une bonne partie, ce n'est pas autant que vous vous l'imaginez, et cela passe encore bien vite.

Donc, il y a près de cent ans, c'est-à-dire dans les dernières années du XVIIIᵉ siècle, il y avait fête dans l'une des communes situées aux portes de Paris, là où se trouve, aujourd'hui, Neuilly, à un endroit nommé *Sablonville*, en raison de la qualité de son terrain formé presque exclusivement de *sable*.

Comment cette fête pouvait-elle avoir lieu? La famine était par toute la France, et surtout au sein de la capitale, qu'un hiver des plus rigoureux venait d'éprouver durement. La misère était générale, le peuple mourait de privations et de besoin, les riches bienfaisants s'exténuaient de fatigue à porter des secours, et ils ne pouvaient suffire à soulager tous ceux qui souffraient.

Et cependant, il y avait fête à Sablonville.

Le roi Louis XVI, la reine Marie-Antoinette, les princes du sang : le comte de Provence qui fut, depuis, Louis XVIII ; le comte d'Artois qui régna, plus tard, sous le nom de Charles X ; tous les grands seigneurs, toutes les grandes dames de la Cour se trouvaient là, dans un champ où s'épanouissaient les hautes tiges d'une plante nouvelle, surmontées d'une charmante petite fleur aux pétales d'un blanc jaunâtre.

Il y avait quelques mois, un homme, admis auprès du roi, lui avait dit :

— Qu'on me prête un terrain, et je le couvrirai d'un fruit qui sera pour le peuple affamé une ressource suprême ; ce nouvel aliment sera le pain de la misère.

A cet homme qui se nommait *Parmentier,* le roi avait confié le terrain de Sablonville ; et, au jour dont je vous parle, il venait, avec toute sa Cour, assister à la première culture, en France, à la première floraison de la pomme de terre.

Pomme de terre ! Ce nom n'est-il pas une nouvelle preuve de l'ingratitude humaine ? c'était *Parmentière* qu'il fallait dire, afin d'attacher à jamais le nom de la plante au nom de celui qui l'avait, le premier, importée dans son pays.

Lorsque Louis XVI quitta le champ de Sablonville, il portait sur la poitrine, à côté de son grand cordon de Saint-Louis et de ses autres ordres, une des petites fleurs que je vous ai décrites, une fleur de pomme de terre. Il n'y eut pas un seul courtisan qui ne tînt à honneur d'imiter le souverain ; et pendant quelque temps, le peuple s'étonna de cette nouvelle décoration qu'il remarquait à la boutonnière de tous les nobles, au corsage de toutes les dames.

C'est que la joie doit être générale, chaque fois qu'un nouvel aliment substantiel, et d'un prix peu élevé, est fourni aux malheureux, pour les aider à vivre eux et leurs familles.

Nous assistons, aujourd'hui, à quelque chose d'à peu près semblable.

Loin de moi la pensée de vouloir établir aucune comparaison entre la denrée alimentaire dont je vais vous parler, et la précieuse pomme de terre ; mais ayant appelé celle-ci *le pain de la misère*, je ne puis m'empêcher de donner à l'autre le nom de *viande du pauvre*.

Je m'explique.

Quelques-uns d'entre vous, mes chers enfants, dont les parents sont moins fortunés que d'autres, savent que la viande, augmentant de prix chaque jour, devient de plus en plus rare sur leur table. Et pourtant, quelle excellente chose qu'un bon bouillon pour fortifier l'estomac des enfants, des malades et des vieillards ! Quelle précieuse nourriture qu'un morceau de bouilli, qu'une tranche de rôti, pour rendre ses forces à l'ouvrier, après une journée de travail ; pour soutenir sa femme, la vaillante mère-nourrice qui élève ses enfants tout en se fatiguant aux soins nombreux du ménage !

Hélas ! il est absolument impossible que chacun mange de la viande, je ne dirai pas à son appétit, mais seulement selon ses besoins.

On a calculé que, pour faire vivre convenablement tous ses habitants, la France devrait produire *trois fois et demie plus de viande* qu'elle n'en produit actuellement. Il en est à peu près de même partout ; et les bons cœurs s'affligent de ne pouvoir fournir assez abondamment aux malheureux un aliment réparateur, indispensable à ces derniers pour supporter de nombreuses fatigues et des privations de toutes sortes.

Eh bien, mes enfants, réjouissons-nous, Si nous ne sommes pas encore arrivés à pouvoir réaliser le désir d'Henri IV qui voulait que, dans son royaume, le plus humble paysan eût, chaque dimanche, la poule au pot, nous avons du moins la certitude qu'avant peu, chaque pauvre ménage pourra se donner, deux ou trois fois par semaine, le luxe salutaire du pot-au-feu !

II

Le nouvel aliment dont je vous ai parlé, et que, j'en suis certaine, vous avez hâte de connaître, c'est :

La viande de cheval !

Ne faites point tant les dédaigneux. Il paraît que ce genre de nourriture en vaut bien un autre. N'ayant pas eu l'occasion de m'assurer par moi-même de ses qualités, je suis forcée d'avoir recours à l'opinion des autres. Voici ce qu'en dit M. Camille Jordan, vice-président de la Société protectrice des animaux, à Lyon.

« Les Gaulois, plus sages que nous, ne laissaient pas perdre la chair de leurs coursiers ; ils la mangeaient avec le même plaisir que la chair du bœuf ; ils la préféraient même, car lorsque les druides, dans les sombres forêts de la Gaule, se livraient à des sacrifices humains, les chevaux étaient immolés sur le sanglant dolmen, avec leurs maîtres. Ces chevaux servaient ensuite de nourriture aux personnes qui assistaient à ces cruelles hécatombes.

» Le christianisme mit fin à cette immolation sanguinaire, et la douce loi du Christ fit disparaître ces derniers vestiges du paganisme. Pour hâter le progrès de la religion nouvelle, ses chefs proscrivirent l'emploi alimentaire de la chair de cheval. Frappée d'anathème, cette chair ne fut plus destinée a la nourriture de l'homme, et l'ignorance se persuada que, puisqu'on ne la mangeait pas, elle n'était pas mangeable.

» Pourquoi le bœuf et le cheval, se nourrissant des mêmes herbes, au milieu des mêmes prairies, auraient-ils des chairs dissemblables? La nourriture du cheval est même plus délicate que celle du bœuf, puisqu'il reçoit des rations d'orge ou d'avoine.

» La création de boucheries de viande de cheval est utile à quatre points de vue :

» 1° Au point de vue de la protection des chevaux. Il vaut mieux pour le cheval, quand sa force diminue et que la vieillesse arrive, mourir d'un seul coup, que de mourir lentement, par suite des mauvais traitements de ses conducteurs.

» 2° Au point de vue économique. C'est mettre en circulation une masse énorme de viande qui serait perdue sans profit pour personne.

» 3° Au point de vue de l'intérêt des pauvres. N'est-ce pas un véritable bienfait pour eux de trouver à vingt centimes (prix de Paris), une livre de viande de cheval, quand celle du bœuf coûte au moins soixante-dix centimes ?

4° Au point de vue de l'intérêt des propriétaires de chevaux. Ils vendraient de 80 à 100 francs, leurs animaux dont ils ne reçoivent aucune rétribution, quand ils les conduisent chez l'équarrisseur.

Eh! ne vaut-il pas mieux manger la viande de che-

val, dit M. le docteur Blatin, « que de laisser perdre,
comme on le fait, par suite d'un sot préjugé, des
millions de kilogrammes d'un aliment sain et réparateur, ou de les transformer en engrais? Mais on se
ravise, et grâce aux efforts du comité de propagation
que j'ai l'honneur de présider, grâce surtout au dévouement de M. Decroix, l'*apôtre de l'hippophagie*, le
sort des vieux chevaux va devenir moins pitoyable.

» On les ménagera, pour les livrer au boucher, dès
que leurs forces commenceront à faiblir. Déjà l'on
en vient à rechercher, pour son bas prix et son bon
goût, leur chair dont le débit est autorisé, sous la
surveillance de l'autorité. »

Mais je vois à votre petite moue que vous n'êtes pas
encore convaincus. Vous vous rappelez cet autre proverbe, aussi faux que ceux dont je vous ai parlé :
Dur comme du cheval! et vous craignez de compromettre la solidité de vos dents contre ce nouveau produit
alimentaire.

Tâchez d'en goûter seulement une fois, et vous
retournerez au plat, je vous en donne l'assurance.
D'après ce qu'on m'a certifié, de plus difficiles que
vous *s'en sont léché les doigts*, comme on dit communément.

Au surplus, voici sur cette matière, intéressante à
plus d'un titre, un passage écrit par M. Bourguin pour
des enfants de votre âge. Vous vous pénétrerez, j'en
ai l'espoir, de la justesse de ses raisons.

« L'aliment qui, jusqu'à présent, fait défaut aux classes laborieuses, dans les villes et les campagnes, c'est la viande. Or, comme la viande de cheval est saine, qu'elle est agréable au goût et assez abondante pour prendre utilement place dans l'alimentation publique, on se demande pourquoi l'on n'en ferait pas usage?

» Il y en a qui disent : Quant à moi, je ne mangerai jamais de cette viande-là. Comment peut-on livrer à la boucherie un animal qui, pendant toute sa vie, a été le compagnon de nos travaux et de nos plaisirs, qui a eu sa part de nos affections et a récompensé par un dévouement sans bornes nos soins et notre attachement? Sacrifier sans pitié son vieux cheval, c'est commettre plus qu'un meurtre, c'est plonger le couteau dans le sein d'un ami.

» De telles paroles prouvent un bon cœur. Assurément, j'aurai toujours la plus profonde estime pour l'homme de bien qui, en reconnaissance des longs services rendus par son cheval, assure à ce vieux et fidèle serviteur, dès qu'il est hors d'état de travailler et pour tout le temps qui lui reste à vivre, un abri, la nourriture et le repos. Malheureusement, pour l'ordinaire, les choses ne se passent pas ainsi. Dès que, par suite de l'âge ou pour toute autre cause, le cheval n'est plus propre à l'emploi pour lequel on l'a dressé, il est vendu, et passe successivement de maître en maître, jusqu'à ce qu'il tombe aux mains de ces voi-

turiers ignorants et grossiers qui le nourrissent mal,
l'excèdent de fatigue et l'accablent de mauvais traitements.

» Quand enfin, épuisé de forces, meurtri de coups,
blessé par ses chutes ou par des harnais mal ajustés,
il n'est plus bon à aucun travail, on le vend une dernière fois, soit à l'équarrisseur pour le prix de sa peau,
soit pour être livré vivant en pâture aux sangsues.
Telle est, il faut bien le reconnaître, la triste fin, non-
seulement des chevaux communs, mais de ceux qui,
dans leur jeune âge, ont appartenu à des généraux, à
des princes.

» Si l'usage de la viande de cheval se répandait
parmi nous, l'animal, pendant sa vieillesse, trouverait
le repos, de bons traitements, une nourriture abondante ; il serait enfin placé dans les mêmes conditions
que le bœuf et le mouton, qu'on engraisse avant de les
livrer au boucher.

» On a donc pu dire avec raison que si l'homme a
intérêt à manger le cheval, le cheval a encore un plus
grand intérêt d'être mangé par l'homme. »

Quant à moi, pour terminer cette savante discussion
à laquelle tant de bons esprits ont pris part, je ne puis
que répéter ce que je vous ai déjà dit : J'appelle de
tous mes vœux l'usage de ce nouvel aliment, parce
qu'il constitue *la viande du pauvre*, comme la *parmentière* constitue *le pain de l'indigent!*

LE CHIEN

Nous allons nous occuper maintenant de l'animal qu'on a surnommé avec raison le meilleur ami de l'homme.

A ce titre, vous avez reconnu le chien; le chien dont rien ne peut corrompre la fidélité, dit Buffon. Insensible aux appâts d'une condition meilleure, il reste attaché au maître le plus pauvre, le plus indigent, le plus misérable.

Tous, vous avez vu souvent des chiens de berger, des chiens de basse-cour, des caniches, des chiens de chasse, et de bien d'autres espèces. Mais il en est dont vous ignorez certainement l'existence, et qu'il convient que je vous fasse connaître, en quelques mots.

Les chiens des Esquimaux, ceux de la Sibérie sont de précieux *auxiliaires,* — vous devez avoir retenu ce nom, — pour les habitants de ce pays perpétuellement plongé dans les rigueurs de l'hiver. Sur le sol toujours couvert de neige et de glace, le traîneau est le seul véhicule possible; on y attelle les chiens, qui s'acquittent avec une grande intelligence du travail auquel on les soumet. Les services qu'ils rendent à leurs maîtres sont d'une telle importance, que l'on cite ce trait touchant de gratitude à leur égard.

Une épizootie fit périr un très-grand nombre de chiens sur les bords de l'Indiguirka, en 1821 ; une famille de Voukaguires, n'ayant conservé de tous ses chiens d'attelage que deux petits, nés depuis peu de jours, la femme du Voukaguire les nourrit de son lait. Cet exemple suffit pour vous donner une idée du prix que les habitants attachent à ces animaux, et des soins attentifs qu'ils ont le bon esprit de leur prodiguer.

Le chien de Terre-Neuve, qui, sans doute, n'est pas inconnu à quelques-uns d'entre vous, est de haute taille, fortement musclé, mais avec des formes élancées, de manière qu'il est en même temps très-léger et très-vigoureux. Sa tête, dont la conformation rappelle celle de l'épagneul, est un peu volumineuse, ce qui tient principalement au développement du cerveau ; son regard est plein d'intelligence et de douceur.

Cette race de chiens est une des plus intéressantes, par les bonnes qualités dont elle est pourvue, et qui semblent lui être tellement particulières, que l'on trouve rarement des individus qui ne les manifestent d'une manière fort remarquable. Le chien de Terre-Neuve est, plus qu'aucun autre de son espèce, le compagnon dévoué, l'ami fidèle sur lequel l'homme peut compter dans toutes les circonstances de la vie. Il défendra son maître contre des assassins; il le retirera du fond des eaux; il partagera ses fatigues et ses périls. On peut, enfin, compter à toute heure sur son courage et sur son intelligence, dont il donne quelquefois des preuves auxquelles on était loin de s'attendre.

On ferait un bien gros volume, si l'on voulait relater tous les actes de dévouement connus, tous les traits d'intelligence véritable qui honorent ce brave et vaillant animal. Les livres écrits en vue de la jeunesse, en sont pleins. Je vous en raconterai donc seulement quelques-uns, d'une date plus récente.

Le propriétaire d'un magnifique terre-neuve s'amusait, sur les bords de la Seine, à lancer un bâton dans le courant. Le chien se jetait à la nage, mais sans parvenir à rejoindre l'objet qui était rapidement entraîné par le fleuve. Ce manége se répéta plusieurs fois. A la fin, l'animal comprenant qu'il lui fallait gagner du terrain, changea tout à coup de système. Il longea le rivage jusqu'à une distance d'environ cent mètres, puis se jeta à l'eau et arriva au milieu du courant en même temps que le bâton, qu'il saisit d'un air victorieux.

Il avait calculé exactement, et du premier coup, la

rapidité du flot, et la longueur du rivage qu'il lui fallait parcourir avant de se jeter à la nage.

Il y a dans cet acte, dit M. Pierre Larousse à qui j'emprunte ce récit, une puissance de déduction qu'aurait admirée Montaigne, et que nous laissons à expliquer à ceux qui ne veulent voir dans les animaux que de simples machines.

Nous avons il y a quelques mois, vous vous en souvenez, comparé entre eux le cœur des hommes et le cœur des animaux. Il me revient à l'esprit, à propos de l'espèce dont nous parlons, une anecdote qui est loin d'être à l'avantage de l'animal qui se prétend le seul raisonnable.

Un homme avait un chien qu'il voulait noyer; non que la pauvre bête eût fait quelque mal, mais parce qu'elle devenait vieille. Il monta avec son chien dans une barque, le transporta au milieu de la rivière, et l'y jeta après lui avoir lié les pattes. Le chien, en se débattant, réussit à briser ses liens, et nageant près de la barque, essaya d'y remonter.

Furieux de voir avorter son odieux projet, l'homme saisit l'aviron pour en frapper le chien; mais en se penchant sur le bord de la barque, il fait un faux mouvement et tombe dans l'eau. Ne sachant pas nager, il était perdu. Le chien, un terre-neuve, se dirige vers son maître, le retient par ses vêtements et le conduit sain et sauf au rivage, où il lui témoigne, par ses caresses, la joie qu'il éprouve de l'avoir sauvé.

N'est-il pas attendrissant de voir un pauvre chien s'élever, par son dévouement, à la hauteur de cette belle maxime qui fait le fond de la sagesse humaine :

Il faut rendre le bien pour le mal.

II

Voici maintenant des chiens dont on ne doit prononcer le nom qu'avec respect et reconnaissance. Ce sont les chiens du mont Saint-Bernard.

Au sommet du Saint-Bernard, un des points les plus culminants des Alpes, dans le chemin qui mène de la Suisse en Italie, se trouve un hospice tenu par des religieux, et ouvert nuit et jour aux voyageurs qui s'aventurent au milieu des roches écroulées, des neiges amoncelées et des précipices béants. Les religieux se font aider, dans leur œuvre charitable, par de vaillants chiens qui, au milieu des déchaînements de la tempête, vont à la recherche des malheureux égarés dans ces solitudes.

Vous avez pu voir, à l'étalage des marchands d'estampes, une gravure représentant un enfant endormi sur le dos d'un chien, au moment où celui-ci arrive à la porte de l'hospice.

Ce chien appartenait aux religieux du mont Saint-

Bernard ; et je suis heureuse de pouvoir vous dire son nom, que je vous engage à retenir.

Il s'appelait *Barry* ; en moins de douze ans, il avait sauvé la vie à quarante personnes. Parmi elles, était l'enfant de la gravure. Barry l'avait trouvé sous la neige, il l'avait ranimé par son haleine, et avait su par ses caresses, le déterminer à monter sur son dos.

Hélas ! pauvre Barry, il eut une triste fin.

Un soir, par un temps orageux, au milieu du brouillard, un voyageur voit s'élancer à sa rencontre un animal de haute taille ; il se croit en danger, et frappe vigoureusement de son bâton ferré la pauvre bête qui tombe à ses pieds en gémissant.

C'était Barry qu'il avait blessé à la tête. Quelques instants après, les religieux lui firent connaître et déplorer son erreur.

On alla chercher le malheureux chien, étendu sur la neige qu'il rougissait de son sang. On lui prodigua des soins avec peu d'espoir de le sauver ; du moins, on fit pour lui, qui l'avait si bien mérité, ce que l'on aurait fait pour une créature humaine. Il fut porté à l'hospice de Berne. Mais le fer avait atteint le cerveau ; malgré les efforts de la science, Barry ne tarda pas à mourir. On lui rendit le seul honneur possible à un être de son espèce : son corps fut conservé, et une place lui fut consacrée dans le musée de Berne où on le voit encore aujourd'hui.

En réfléchissant à l'existence de ces braves animaux,

vouée tout entière au dévouement et à l'abnégation,
n'est-on pas forcé de dire avec le poëte :

> De qui donc tiennent-ils cet instinct, ce courage
> Et ce flair délicat qui devine le lieu
> Où l'homme, harassé d'un pénible voyage,
> Se meurt de faim, de froid?...
> — De Dieu! rien que de Dieu!

Est-il possible, mes chers enfants, de vous entretenir du dévouement extraordinaire des chiens, sans
vous rappeler le chien de l'aveugle, ce guide si fidèle,
si doux, si patient, dont l'air malheureux semble compatir au triste sort de son maître?

On devrait supposer, n'est-il pas vrai, qu'avec de si
précieuses qualités, cet excellent animal trouve dans
l'homme un peu de cette immense affection qu'il lui
porte. Sans aucun doute, il est quelques bons cœurs
qui aiment le chien, autant qu'il mérite d'être aimé,
qui lui prodiguent leurs soins et lui accordent, au besoin, dévouement pour dévouement. Je me rappelle, à
ce propos, une petite anecdote qui a son mérite.

Le comte de Sponneck s'était embarqué à Copenha-
gue pour Hambourg et Bruxelles, avec un chien qu'il
affectionnait beaucoup. Pendant la traversée, l'animal,
courant, gambadant autour de lui sur le pont du na-
vire, tomba à la mer.

— Capitaine, de grâce, arrêtez; dit le comte au capitaine du bâtiment.

— Le règlement, répond celui-ci, nous interdit for-

mellement de stoper pour les animaux; nos minutes
sont comptées; je ne puis.

(*Stoper* est un mot tiré de l'anglais, et qui, dans le
langage de la marine, signifie *s'arrêter*.)

— Et si c'était un homme qui se noyât? reprit le
comte.

— Ah! ce serait différent.

A l'instant même, le comte se jette tout habillé dans
l'eau. Le bâtiment s'arrête, la chaloupe est mise à la
mer, et l'on sauve les deux amis.

Mais, pour un trait pareil, combien d'autres d'un
genre tout opposé, dans lesquels l'homme joue le rôle
infâme d'un bourreau d'ingratitude, et le chien, celui
d'un pauvre martyr résigné!

On l'accable de coups, on le torture de toutes les
manières. Je vous l'ai dit, au début de nos petites con-
férences, *traiter un homme comme un chien*, signifie :
le maltraiter de la plus épouvantable façon.

Je me tromperais bien sur votre compte, mes chers
enfants, vous répondriez bien mal aux espérances que
je fonde sur vous, si, désormais, vous ne preniez en
pitié le sort des chiens que nous voyons, trop souvent,
maltraités dans nos rues et sur les chemins, par de
mauvais garnements.

Jeunes, vous ne les imiterez pas, ces petits misérables au cœur dur et barbare.

Grands, vous vous opposerez à ces actes de cruauté.
Si vous avez un chien à vous, il sera votre ami, et vous

le rendrez heureux, vous rappelant ces beaux vers de
Lamartine, que *Jocelyn* adresse à son chien Fido :

> Oh ! viens, dernier ami que mon pas réjouisse,
> Lèche mes yeux mouillés ! mets ton *cœur* près du mien,
> Et, seuls à nous aimer, aimons-nous, pauvre chien !

III

On ne peut guère parler du chien, sans dire quelques
mots d'un usage particulier à certains pays, et notamment à la Belgique.

Nous avons vu que les Esquimaux, les Sibériens du
Nord, se servaient de leurs chiens comme d'animaux
de trait, et que ceux-ci, en cette qualité, leur rendaient
de précieux services. En Europe, il n'en est généralement pas ainsi ; le chien s'y trouve placé dans le groupe
des animaux *accessoires*, si l'on en excepte le chien de
l'aveugle, le chien de garde, le chien du berger, qui
sont rangés parmi les *auxiliaires*. En Belgique, et surtout à Bruxelles, il faut ajouter à ceux que je viens de
vous nommer, le chien d'attelage.

Nous voyons, en effet, chaque jour, dans notre belle
cité flamande, de petites charrettes traînées par des
chiens, et qui servent au transport des légumes, du
pain, du lait et du sable. De crainte de l'oublier, je
mentionnerai cette coutume assez cruelle, où l'on est,
dans bon nombre de nos cantons, de faire piétiner,

des journées entières, dans des roues à palettes, des chiens qui battent le beurre, en tournant incessamment comme des écureuils dans leur cage.

Dans l'un et l'autre cas, chiens traînant des charrettes, chiens tournant une roue, sont des *auxiliaires* qui nous soulagent et nous aident dans nos travaux.

Cette question de l'attelage des chiens a été diversement traitée par des hommes compétents. Les uns approuvent cet usage; les autres le considèrent comme barbare.

S'il faut vous donner mon avis, je vous dirai que le travail est une chose si belle et si sainte, qu'il ne me déplaît pas de voir les animaux devenir des travailleurs, et passer au rang honorable d'auxiliaires de l'homme.

Mais ce qui me déplaît souverainement, ce sont les abus. C'est une honte d'accabler une pauvre bête sous le poids d'un fardeau qui est au-dessus de ses forces; c'est une cruauté inouïe de la frapper, de la maltraiter, de la faire souffrir, enfin, lorsqu'elle s'attache à nous rendre le plus de services possibles. Rappelez-vous ce que je vous ai dit pour le cheval, à ce propos; eh bien, je vous le dis également pour le chien, comme pour tous les animaux que nous associons à notre travail. A partir de ce moment, ils deviennent nos serviteurs; et il est de rigoureuse équité que de bons serviteurs soient traités en amis de la maison.

11.

Tante Émélie se levait, la séance était terminée, les jeunes enfants allaient se retirer, comme d'habitude, lorsqu'une des petites filles, Judith, prit la parole.

— Tante Émélie, dit-elle, vous nous avez nommé bon nombre de chiens, avec qui nous avons été bien aises de faire connaissance ; mais vous ne nous avez point parlé de notre compatriote ; celui-là, cependant, aurait dû avoir les honneurs.

— Quel compatriote ?... je ne te comprends pas, ma chère Judith ; explique-toi mieux.

— Eh ! mais, *le chien de Jean de Nivelle.*

— Ah ! ah ! tu as bien fait, mon enfant, de me dire cela ; j'aurai ainsi l'occasion de détruire dans vos esprits une erreur qui est encore trop répandue.

En raison de ce proverbe qui dit, en parlant d'une personne qui s'éloigne d'autant plus qu'on cherche davantage à la faire venir à soi : *Elle est comme le chien de Jean de Nivelle, qui s'enfuit quand on l'appelle,* bien des gens s'imaginent qu'il y eut autrefois, à Nivelle, un nommé Jean, possédant un chien qui se sauvait alors qu'on l'appelait.

Encore une fois, c'est une erreur. Ce proverbe remonte assez haut dans l'histoire, et voici le fait auquel il doit son origine.

Jean, seigneur de Nivelle et fils du comte de Montmorency, s'oublia, un jour, jusqu'à donner un soufflet à son père, au milieu de quelques discussions de famille. Le père outragé porta plainte au parlement, qui cita le coupable devant lui, et le fit sommer à son de trompe, par ses hérauts d'armes, de venir rendre compte de son attentat.

Mais, effrayé des conséquences que pouvait avoir l'épouvantable action qu'il avait commise, Jean de Nivelle n'eut garde d'obéir à ces nombreuses sommations; et, dit un auteur de ce temps-là :

Tant plus on l'appelloit, tant plus il se hastoit de courir, et de fuir du costé des Flandres.

Son forfait ayant été rendu public, tout le monde ne parlait de lui qu'avec horreur, comme d'un misérable et d'un impie. Le peuple qui, d'ordinaire, ne manque pas d'expressions énergiques à appliquer aux objets de son estime ou de son mépris, l'appela *chien!* de là, *chien de Jean de Nivelle!* Puis, voyant qu'il fuyait toujours devant la justice des hommes, on ajouta : *qui s'enfuit quand on l'appelle.*

Vous ne vous y tromperez plus, mes enfants, car vous voilà instruits. Mais il me reste à vous faire part de deux réflexions que me suggère ce proverbe.

Vous remarquerez, d'abord, combien est infâme l'enfant dénaturé qui manque de respect aux auteurs de ses jours, puisqu'après des siècles, on nous a conservé le nom du misérable Jean accolé à celui de *chien*, qui était alors une épithète des plus outrageantes.

D'un autre côté, voyez quelle injustice dans cette dé-

nomination même. Dis-moi, Julienne, de quelle expression te serais-tu servie pour désigner cet infâme seigneur de Nivelle?

— Vraiment, chère tante, je ne sais trop que vous
répondre. Lever une main sacrilége sur celui qui vous
a donné la vie, c'est un crime si énorme, si épouvantable, qu'il me semble que la langue ne possède aucun
terme assez fort, assez énergique pour le qualifier
comme il mérite de l'être.

— Bien, ma chère enfant. Cette réponse, dictée par
ton bon petit cœur, me rappelle que les premiers lé-
gislateurs ne prononcèrent aucun châtiment contre le
parricide. Ils supposaient qu'un homme ne serait jamais assez misérable pour commettre un pareil crime.
Mais enfin, ne trouves-tu pas que c'était *monstre!* qu'il
aurait fallu dire, en parlant du fils dénaturé de ce
pauvre comte de Montmorency?

— Assurément; il méritait le nom de *monstre*, beaucoup mieux que celui de *chien*.

— Et n'est-il pas vrai que, si quelque chien avait
pu prendre la parole, il eût réclamé, à coup sûr, représentant avec raison que, dans son espèce, les enfants
ne mordent pas leur père?

Au moment de commencer son entretien, la dame d'Ixelles remarqua une nouvelle figure, au milieu de ses auditeurs ordinaires.

C'était un grand garçon de quatorze à quinze ans, assez fortement bâti, aux membres vigoureux, aux traits énergiques, à l'œil vif et intelligent. Il dépassait d'au moins deux hauteurs de tête tous les autres assistants, et paraissait presque honteux de se trouver ainsi parmi ce petit monde.

— Qui es-tu, mon ami ? lui demanda avec bonté la maîtresse de la maison ; pourquoi es-tu venu ici ? qui t'y a conduit ?

— C'est moi, tante Émélie, se hâta de répondre Léon. C'est mon cousin, Joseph, le fils à mon oncle Vincent. Il entre, dans trois semaines, apprenti chez un boucher de Saint-Josse-Ten-Noode. J'ai eu beau lui dire que c'était là un méchant métier, puisqu'il consiste à tuer de pauvres animaux, Joseph n'a point voulu y renoncer. Alors, je vous l'ai amené, afin que vous lui répétiez toutes les belles choses que vous nous avez dites, et que vous lui fassiez changer d'avis.

— Ainsi, demanda tante Émélie au grand garçon, c'est toi qui as choisi l'état de boucher ?

— Que non pas ; autant celui-là qu'un autre ; et, peut-être bien, mieux un autre que celui-là, car il me semble que, pour commencer, je n'aurai pas grand cœur à la besogne. On dit qu'on s'y fait. D'ailleurs ne faut-il pas toujours qu'on travaille pour gagner son pain ? Moi, voyez-vous, c'est l'occasion qui m'a poussé ; j'ai mon parrain qui est dans la partie, et il a désiré m'avoir en apprentissage. Léon me dit qu'il n'y a que les mauvais cœurs qui se font bouchers ; je lui réponds que mon parrain est un bon et brave homme, et qu'après tout, il faut bien des bouchers, puisqu'on mange de la viande.

— Bien raisonné, mon garçon ; toutes les professions sont honorables, le tout est de s'y conduire avec honneur ; aucune n'est absolument cruelle, le tout est de l'exercer sans cruauté.

— Cependant, chère tante, reprit Léon, un boucher passe sa vie à assommer les bœufs, à égorger les moutons et les veaux ; si cela ne s'appelle pas être cruel, je n'y comprends plus rien.

— Sais-tu bien, mon cher Léon, que tu me mets dans un grand embarras. Ce n'est certes pas une chose facile que de te faire comprendre qu'on peut à la fois tuer les animaux et avoir pour eux la bonté, l'affection, que je vous ai recommandées.

Je vais pourtant l'essayer, et cela, pour deux motifs. Le premier, c'est que je serais au désespoir que toutes mes leçons servissent à vous inspirer du mépris ou de la haine pour une classe de citoyens, après tout, fort estimables, et parmi lesquels plusieurs d'entre vous peuvent avoir des parents. Mon second motif, c'est que, comme l'a dit Joseph, puisqu'il faut des bouchers, puisque, parmi mes petits auditeurs, il en est qui exerceront peut-être un jour cette profession, je dois les prémunir contre les abus qu'elle présente, contre les véritables cruautés dont elle peut être le prétexte.

Et pourquoi ne dirai-je pas ceci : puisqu'il faut des bouchers, encore une fois, mieux vaut pour les pauvres animaux que ceux qui doivent les sacrifier soient imbus des saines idées de protection.

Je n'hésite donc plus, et je continue.

Dieu, dans sa bonté pour l'homme, sa créature préférée, lui a donné tous les animaux, afin qu'il s'en servît selon ses besoins. Vous m'entendez bien, mes enfants; je dis selon ses besoins, et non pas selon son caprice, sa fantaisie, non plus que pour satisfaire de mauvais instincts. Ainsi, ce n'est pas faire preuve de cruauté que d'assommer les bœufs, comme disait Léon, d'égorger les moutons, les veaux et les poulets, de tuer les lièvres à coup de fusil ou les renards et les loups a coups de fourche. Le sacrifice de ces animaux répond aux besoins dont je viens de vous parler tout à l'heure.

En un mot, ainsi qu'on l'a dit dans un livre écrit pour les enfants, l'homme a le droit de mort sur tous les animaux, quand il s'agit d'entretenir ou de défendre son existence. Mais personne n'a le droit d'être cruel, même envers la plus redoutable des bêtes fauves.

II

Vous me demanderez sans doute :

Dans cet acte terrible qui consiste à tuer un animal destiné, par sa nature, à l'immolation, où la sensibilité finit-elle ; où commence la cruauté ?

Quand l'une de vos mères, pour fêter la visite d'un ami, veut ajouter un plat à son dîner, et qu'elle va dans la basse-cour, y prend un poulet, et, pour les nécessités du repas, lui tranche rapidement le cou, elle n'est point cruelle. Elle a simplement agi en femme de ménage, sans passion, sans colère ; et soyez bien certains que, dans un des replis de son cœur, il y aura eu quelque sentiment de pitié pour la pauvre bête qui, le matin encore, était venue picorer à ses pieds les miettes du déjeuner.

Mais elles sont odieusement féroces, les misérables

filles de ferme, — on n'en rencontre que trop sur nos marchés, — qui plument vivante une pauvre poule, avant de lui donner le coup fatal.

Il n'est pas cruel, le brave paysan qui, à la nouvelle qu'un loup exerce des ravages dans les environs, glisse une balle dans son fusil, va droit à la bête et l'abat d'un seul coup.

Mais ils sont lâchement mauvais, ceux qui, ayant réussi à faire tomber l'animal dans un trou profond, le tuent lentement à coups de pierre et en lui lançant des brandons enflammés.

Ainsi donc, la sensibilité finit, et la cruauté commence, dès qu'on change le trépas en supplice, dès qu'on ajoute inutilement une lente et douloureuse agonie à cette mort qui devait être rapide comme la foudre, ou, tout au moins, aussi prompte que possible.

Pour en revenir à toi, Joseph, et à la profession que tu vas prendre, celle-ci offre un danger que tu dois éviter. La vue du sang, l'habitude de le verser, peuvent quelquefois endurcir le cœur. A force d'assister aux souffrances des animaux, on peut finir par n'y prendre plus garde. Hélas ! songe-t-on bien, toujours, à ne pas les augmenter par la brutalité, par de mauvais traitements d'autant plus odieux qu'ils sont inutiles.

Inutiles, ai-je dit ; plus encore : ils sont nuisibles, dangereux au point de vue de l'hygiène publique.

L'animal, abattu subitement, sans avoir été soumis à aucune torture, avant d'avoir eu conscience du péril qu'il court, meurt dans la plénitude de la santé ; ses fonctions vitales ont à peine eu le temps d'être troublées. Dès lors, sa viande est saine, savoureuse, largement nutritive et réparatrice. Si, au contraire, on ne lui épargne, au préalable, aucune souffrance ; s'il ne succombe qu'après avoir épuisé : par son corps, les plus douloureux déchirements ; par son instinct, les plus épouvantables angoisses ; ne me dites pas que sa chair ne s'est point subitement altérée aux tressaillements désordonnés de ses nerfs, aux révolutions terribles de son sang.

Nouvelle preuve qu'en protégeant les animaux, l'homme ne peut faire autrement que de se protéger aussi, tant il règne dans la nature une harmonie qu'on ne brise jamais impunément [1].

Fais donc ton état, Joseph, comme te le montrera ton parrain qui, nous as-tu dit, est un bon cœur ; mais

[1] Cette considération est des plus sérieuses, puisqu'elle touche à la santé, à la vie même des consommateurs.

Voici un exemple qui prouve que nous n'inventons rien pour les besoins de notre cause.

Le journal le *Nord agricole* rapporte qu'un boucher de Londres fit condamner son conducteur de bestiaux à l'amende, parce qu'il frappait trop les bêtes qu'il conduisait. « Je ne veux pas me poser en protecteur des animaux, dit le boucher, mais je veux défendre mes intérêts lésés, parce que la viande des animaux surmenés et frappés se détériore plus vite, et la décomposition commence toujours par les endroits portant les traces des coups de bâton. »   **A. H.**

garde-toi bien d'imiter tes camarades d'apprentissage, et même quelques garçons bouchers, comme on n'en voit que trop dans les abattoirs.

Ne frappe jamais avec un bâton, jusqu'à luxer leurs membres ou entamer leur peau, les pauvres bêtes que tu auras à conduire de l'étable à l'échaudoir. N'entrave point, par des cordes trop serrées, les veaux ni les moutons ; et surtout, mon ami, jamais... jamais, entends-tu bien, ne te livre envers ces derniers à l'épouvantable opération, qu'en termes du métier on appelle, je crois, le *courmanchage*, et qui consiste à leur tordre, à leur entre-croiser, à leur nouer ensemble les deux jambes de devant.

Le misérable qui commet cet acte barbare est un monstre, digne du mépris public et de toute la sévérité des lois.

A ces pauvres victimes de la fatalité, ne fais jamais tort de la nourriture qui leur est due et qu'il te faudra leur distribuer. Il est affreux de faire souffrir de la faim et de la soif ceux qui, dans quelques heures, vont avoir à supporter les terreurs de la mort. La santé publique est encore intéressée à ce point.

Quand ta main, devenue habile, devra la donner, cette mort sanglante, étudie-toi bien à frapper de telle façon qu'elle arrive le plus promptement possible. Sois tranquille, d'ailleurs, les savants et les Sociétés protectrices t'aideront puissamment dans cette œuvre miséricordieuse.

Le 1er août 1867, des hommes, éminents par leur savoir, par leur position sociale, accouraient à Paris, venant de l'Allemagne, de l'Angleterre, de l'Autriche, de la Belgique, des États-Unis, de l'Italie, de la Russie et de la Suisse. Tous, représentants des sociétés protectrices de ces différents pays, se réunissaient à leurs collègues de la Société parisienne dans un congrès, ou assemblée internationale, ayant pour but l'amélioration du sort des animaux.

Huit questions des plus importantes furent mises à l'étude ; la suivante tenait le second rang : *Quels sont les meilleurs modes d'abatage des animaux de boucherie ?* Et, par ces mots, *les meilleurs modes*, on entendait les moins douloureux, les plus prompts, les mieux en harmonie avec les principes compatissants de la protection.

Ceci, mon cher Joseph, te prouve que tous ces hommes de cœur attachent un grand prix à ce que ceux qui sont chargés d'abattre ces pauvres victimes, apportent, dans leurs terribles fonctions, autant de douceur et de pitié qu'il est possible.

En agissant comme je viens de le dire, l'homme qui, par état, procède à l'immolation des animaux, est simplement un boucher digne de notre estime.

Celui qui fait différemment, n'est qu'un abominable bourreau qui mérite le mépris universel.

On était au dernier dimanche de l'année ; il restait seulement quelques heures encore avant d'arriver à ce beau *jour de l'an*, qu'attendent, avec tant d'impatience, ceux qui, confiants dans leur bonne conduite et leur application soutenue, songent aux étrennes.

C'est aussi l'époque où la reconnaissance est heureuse de se manifester envers les personnes dévouées qui n'ont pas été avares de leurs bienfaits.

A ce devoir, le plus impérieux de tous ceux que les cœurs bien doués se plaisent à accomplir, nos chers enfants d'Ixelles n'avaient eu garde de manquer. Ils venaient donc, ce jour-là, offrir à leur bien-aimée tante Émélie, le cadeau qui pouvait lui être le plus agréable : la constitution d'une Société protectrice des animaux, ayant pour membres des jeunes garçons et des jeunes filles, et à laquelle ils avaient donné le nom de :

SOCIÉTÉ ÉMÉLIE

Pour la protection des animaux par les enfants

Tante Émélie fut, comme on doit le penser, bien heureuse de ce témoignage de gratitude que lui donnaient ses petits amis ; elle les embrassa tous du plus grand cœur, et s'apprêtait à les laisser jouer, faisant trêve, ce jour-là, à ses causeries hebdomadaires, lorsqu'un incident, tout à fait inattendu, vint modifier sa résolution.

Le père de la gentille Céline avait voulu accompagner sa fille. C'était un brave et honnête ouvrier, incapable, non-seulement de commettre une mauvaise action, mais même de donner, comme on dit, une chiquenaude à un enfant. Toutefois, imbu des préjugés ordinaires, il considérait un animal comme un animal, et pas autre chose ; aussi n'aurait-il trouvé rien à redire s'il avait vu maltraiter un cheval, brutaliser un chien, malmener enfin une bête quelconque.

Céline n'avait pas été sans raconter chez ses parents, le sujet des entretiens de tante Émélie ; et son père, tout en respectant cette excellente dame, s'étonnait et riait, quelquefois, de toute la peine qu'elle se donnait en faveur de misérables bêtes.

Comme nous l'avons dit, il avait accompagné sa
fille à la petite maison d'Ixelles. En voyant l'attendrissement de tante Émélie, au moment où on lui
annonçait la formation d'une Société protectrice consti-
tuée sous son nom, il ne fut pas maître de dissimuler
sa pensée, et ce fut assez brusquement qu'il dit :

— M'est avis, ma chère dame, que voilà bien des
affaires pour peu de chose. Je ne suis qu'un manou-
vrier, je sais à peu près signer mon nom et faire le
compte de mes journées ; c'est tout mon bagage en
fait d'instruction ; mais il me semble, avec mon gros
bon sens, tout simple, tout grossier, qu'avant de tant
protéger les animaux, il ne serait pas mal de protéger
un peu les créatures humaines qui en ont aussi grand
besoin.

— Et qui vous dit, répondit tante Émélie, que nous
ne le remplissions pas, ce devoir sacré ?

— Dame ! c'est que je ne vois guère...

— Écoutez-moi donc, et vous allez en juger.

Puisque Céline vous a rendu compte de toutes nos
petites causeries, ce dont je la félicite, la chère enfant,
vous devez déjà savoir ceci :

J'ai vanté à mes jeunes auditeurs la douceur du
mouton, le courage laborieux du cheval, la magnani-
mité du lion, le dévouement désintéressé du chien, les
qualités, enfin, propres aux différentes espèces d'animaux. Quel a été mon but, en agissant de la sorte ?
J'ai voulu, d'abord, inspirer à ces chers petits l'affec-

tion, l'estime, méritées par ces autres créatures de
Dieu ; puis, par une conséquence que vous apprécierez, j'ai cherché à faire naître dans leur âme une
grande résolution, résultant d'un amour-propre bien
légitime : la résolution d'acquérir ces mêmes qualités,
afin de n'être point inférieurs à de pauvres animaux ;
mais de se montrer aussi doux que le mouton, aussi
travailleurs que le cheval, aussi généreux que le lion,
aussi dévoués que le chien.

J'ai entouré, le plus que j'ai pu, mes récits d'instructions morales dont les parents ne seront pas les derniers à ressentir l'heureuse influence.

Qu'un de ces enfants s'oublie à ce point, aujour-
d'hui, qu'il manque de respect à son père ; et, tout
aussitôt, d'une voix unanime, on lui donnera le nom
ignominieux de *chien de Jean de Nivelle !*

Qu'un autre se montre insensible aux larmes de la
souffrance et de la douleur ; on lui reprochera d'avoir
moins de cœur que le *lion de Florence.*

Qu'un troisième soit ingrat, qu'il méconnaisse les
services de ses bienfaiteurs ; il sera montré au doigt, et
on lui dira que le *lion d'Androclès* valait mieux que lui.

Devenue femme, que votre petite Céline oublie un
instants ses devoirs de mère ; vite, une de ses anciennes
compagnes lui rappellera l'exemple de la *cigogne de
Strasbourg,* qui s'est laissé brûler sur le nid de ses
petits.

Partout et toujours, un pauvre animal sera là, avec

son souvenir, pour ramener dans le sentier du devoir ceux qui seraient tentés de s'en écarter.

Vous voyez donc bien qu'il y a tout profit, pour la morale, à faire connaître aux enfants ce que les animaux possèdent en eux de bons sentiments ; et comme, à ce titre, ils sont dignes de notre affection, de notre pitié.

Mais ce n'est pas tout.

II

Dans le cours de nos entretiens, j'ai eu l'occasion de citer à mes petits amis cette pensée d'un écrivain :

« Dieu n'a pas donné deux cœurs à l'homme ; l'un dur et cruel pour les animaux, l'autre bon et compatissant pour ses semblables. »

Rien n'est plus rigoureusement vrai ; et, si parmi les proverbes, il en est un qui soit établi sur une expérience réelle, sur la connaissance approfondie du cœur humain, c'est bien celui-ci :

Bon pour les bêtes, bon pour les gens !

Et cet autre qui est la conséquence du premier :

Méchant pour les animaux, méchant pour les hommes !

J'ai cité l'exemple de ce jeune prince qui se livrait à l'abominable plaisir de percer des mouches avec une aiguille d'or, et qui, devenu empereur, remplit Rome de carnage et de deuil.

Comme opposition consolante à ce triste portrait, je rappellerai le souvenir de cet autre prince qui, étant enfant, aimait à s'entourer d'animaux auxquels il prodiguait ses soins les plus attentifs. Monté sur le trône, et contraint, un jour, par l'énormité du crime commis, d'apposer son nom au bas d'une sentence de mort, il s'écriait douloureusement : Je voudrais ne pas savoir signer !

O vous tous, parents qui aimez vos enfants, qui faites tant de sacrifices pour leur préparer un heureux avenir, n'allez pas compromettre notre œuvre, en ne garantissant pas assez leur cœur des instincts de cruauté qu'ils pourraient avoir envers les animaux.

Veillez sur vos enfants, et veillez aussi sur vous-mêmes ; ne leur donnez aucun exemple de brutalité, dont vous puissiez, un jour, déplorer les funestes conséquences. Songez, vous dirai-je avec M. Amédée Sibire, l'honorable secrétaire général de la Société protectrice de Paris :

« Songez que les enfants ont essentiellement le don d'imitation et d'assimilation ; ne les exposez pas à ce qu'ils reportent sur leurs semblables les mauvais traitements dont ils seraient témoins à l'égard des animaux.

« Souvenez-vous de cette histoire d'un enfant faisant subir à son frère le sort d'un animal qu'il venait de voir égorger ; et dites-nous s'il n'y a pas vraiment un danger social à habituer l'enfance à la vue des brutalités et des tueries. »

Sera-t-il jamais un bon fils, aura-t-il pour ses vieux parents le respect et la tendresse qu'il leur doit, le mauvais garçon qui, sans pitié pour les tortures d'une pauvre mère, va dénicher ses petits?

Celui qui se plaît, aujourd'hui, à jeter des pierres aux chiens, se plaira, demain, à en jeter aux passants.

Celui qui, enfant, est assez misérable pour ne pas se trouver mal, au moment où, sous ses doigts infâmes, la plume d'un pauvre oiseau vivant est arrachée et suivie d'une chair sanglante; celui-là, soyez-en certains, devenu un homme, sera capable de faire couler avec aussi peu de pitié le sang de ses semblables.

Je l'ai dit dans un autre endroit qu'ici :

Il serait curieux et instructif de connaître les premières années des criminels qui montent sur l'échafaud. Presque toujours, on verrait qu'ils ont commencé par tuer des animaux, ce qui les a amenés, peu à peu et fatalement, à tuer des hommes.

Il y a un proverbe oriental qui dit, avec un grand sens :

Celui qui tue un animal, fait son premier pas vers l'homicide!

Les Athéniens, le peuple le plus civilisé de toute l'antiquité, partageaient cette opinion. Un jour, l'Aréopage, tribunal composé des plus sages vieillards de la nation, condamna à mort un jeune enfant qui, après avoir crevé les yeux à une caille, lui avait donné la volée. Et la sentence fut exécutée, pour le salut, dirent les juges, des personnes que cet enfant cruel, devenu homme, ne manquerait pas d'assassiner, si on le laissait vivre.

Mais tenez, voici un dessin que m'a fait un peintre de mes amis, et dont je voudrais voir un exemplaire dans toutes nos salles d'école. Il exprime nettement et vigoureusement ce que je tiens tant à vous faire comprendre.

Là-dessus, tante Émélie se leva et alla tirer de son armoire une grande feuille de papier qu'elle développa aux regards des assistants.

III

C'était, comme l'avait dit tante Émélie, un dessin portant pour titre : *L'échelle du bien et du mal.*

Ce dessin était coupé en deux par un mur élevé, plus large à sa base qu'à son sommet, de telle façon que les deux côtés, d'abord espacés, tendaient à se réunir, en se rapprochant l'un de l'autre diagonalement, comme les deux montants d'une échelle.

Deux arbres étaient appuyés contre la façade de ce mur ; l'un, celui de gauche : *le côté du mal*, était dégarni de ses feuilles, rongé par les insectes, et ne présentait plus que l'image désolée de la ruine et de la destruction. L'autre, celui de droite, le *côté du bien*, était, au contraire, couvert de feuillage, et ployait sous le poids de fruits mûrs de la plus belle mine.

Quatre plates-formes coupaient le mur, à distances égales.

Sur la première, à droite, des enfants regardent avec respect des nids tout remplis de petits oiseaux. D'autres donnent du pain et de l'herbe fraîche à des agneaux, d'autres caressent des chiens, des colombes et toutes sortes d'animaux. C'est la peinture des enfants qui ont bon cœur.

De l'autre côté, à gauche, on voit de petits dénicheurs écrasant les œufs ou étouffant les oiseaux, pendant que d'autres enfants font endurer différentes tortures à de pauvres bêtes sans défense. C'est la peinture des enfants cruels.

Voyons, maintenant, ce qu'il va advenir de ces deux groupes, de natures si diamétralement opposées.

Passons au second étage. Les enfants ont grandi, et leurs instincts avec eux. A gauche, des charretiers maltraitent leurs chevaux ; des maîtres barbares noient leurs chiens, des monstres à face humaine imaginent des supplices inouïs auxquels ils soumettent les pauvres animaux. — A droite, spectacle consolant, les chevaux sont traités avec douceur, les chiens avec amitié, tous les animaux avec compassion.

Montons encore. Au troisième étage, les bourreaux sont les mêmes, à gauche ; seules, les victimes ont changé. Ce ne sont plus des bêtes que l'on tue, ce

12.

sont des hommes. Il y a peu de différence entre le sang humain et celui de l'animal; quand on s'est habitué à faire couler celui-ci, on est bien près de répandre celui-là. — A droite, au contraire, les actes de bonté pour la bête sont devenus des actes de dévouement pour les hommes. Ici, de braves gens arrachent une famille aux horreurs d'un incendie; là, d'autres se jettent à l'eau pour en retirer des malheureux qui se noient. La misère est accueillie, secourue; la souffrance est soulagée.

Montons toujours. Nous voici à la dernière plateforme que domine l'éternelle balance de la justice divine.

A gauche, on voit l'échafaud, le bourreau, la mort terrible et ignominieuse.

A droite, dans une séance solennelle, un haut fonctionnaire public attache, sur de nobles poitrines, des médailles, des croix, des rubans, signes de l'honneur.

Tel est le châtiment, telle est la récompense de ceux que nous avons vus, enfants, prendre deux routes différentes.

Quand nous cherchons à moraliser la jeune génération, reprit tante Émélie, quand nous nous efforçons d'infiltrer dans le cœur de vos enfants l'amour de l'humanité, en leur inculquant la pitié pour les animaux, prenez bien garde, ô parents aveugles et imprudents, de détruire notre ouvrage; qui sait si vous ne seriez pas les premiers à gémir de votre dangereuse insouciance ?

Quant à vous, qui vous livrez à des jeux cruels, avec vos enfants, autorisant de votre exemple des actes monstrueux, « Poursuivez, vous dit M. Charles Bataillard, et vous recueillerez ce que vous aurez semé. Ce bâton, teint du sang d'un pauvre animal, se lèvera peut-être un jour sur votre tête, et viendra figurer sur la table d'une cour d'assises, parmi les pièces à conviction d'une accusation de parricide! »

Mais, si vous tenez à vous assurer une vieillesse heureuse et honorée, si vous souhaitez que vos enfants aient en partage le véritable bonheur, l'estime générale des hommes et les bénédictions de Dieu, redites-leur sans cesse, avec nous, qu'ils doivent être bons : pour leurs parents ; pour leurs maîtres et leurs supérieurs; pour leurs petits camarades et pour leurs compagnes; pour les malheureux; pour tout le monde. Et qu'afin d'arriver à posséder ce sentiment de tendresse universelle, ce qu'il faut, c'est :

Être bon pour les animaux !

PETITES SOCIÉTÉS SCOLAIRES
PROTECTRICES DES ANIMAUX

« Le meilleur moyen d'empêcher les enfants de faire le mal, c'est de mettre à leur disposition le moyen de faire le bien. » Cette vérité, si nettement exprimée par M. Bourguin, le dévoué Président honoraire de notre *Société protectrice*, dans son rapport sur les récompenses (séance du 21 mai 1877), je l'avais entrevue, il y a quelques années. Il me semblait qu'on ne trouverait jamais de meilleurs défenseurs des nids que ceux qui en avaient été jusqu'alors les destructeurs, et que les animaux ne pouvaient être plus efficacement protégés que par les petits bourreaux qui s'étaient fait un jeu de leurs souffrances.

Que fallait-il pour en arriver là ? Développer le moral de l'enfant par l'éducation ; et, surtout, *mettre à sa disposition le moyen de faire le bien*, afin de lui ôter toute envie de faire le mal.

Telle fut la pensée qui m'inspira lorsque, dans *Jean le dénicheur*, je conseillai aux élèves des écoles communales de se constituer en petites sociétés protectrices.

« Depuis que vous pouvez courir seuls par les champs et les bois, leur disais-je, vous avez appris à fouiller du regard les taillis, les buissons, le feuillage des arbres. C'est à qui d'entre vous aura l'œil le plus exercé, le plus sûr, le plus perçant, et chacun met une sorte de gloire à découvrir le plus grand nombre de nids.

« Ne renoncez pas à ce plaisir dont vous vous êtes fait une habitude, pourvu toutefois que vos familles et vos maîtres vous le permettent. Cherchez les nids, que pas un n'échappe à votre vue ; mais, au lieu que ce soit pour les détruire, que ce soit pour veiller à ce qu'on ne les détruise pas. Unissez-vous dans ce but, et que chaque village, chaque hameau ait sa brigade de petits *gardes-champêtres* protecteurs des oiseaux. »

C'était bien là le germe des sociétés scolaires protectrices.

Depuis lors, bien des associations de cette nature se sont fondées ; et nous constatons avec bonheur que, chaque année, leur nombre tend à s'accroître. Mais pour que le profit immense qu'on en attend se réalise, il faut que la mesure devienne générale, universelle.

Nous faisons donc encore un chaleureux appel à tous les instituteurs, les engageant, au nom des plus chers intérêts du pays, à constituer, dans leur école, une *petite société protectrice des animaux*. Nous ne saurions mieux triompher de l'indifférence de quelques-uns qu'en citant les lignes suivantes écrites par un de leurs collègues à M. Bourguin :

« Grâce à l'enseignement des idées protectrices, l'enfant devient plus doux, plus soumis, plus affectueux. »

Ainsi, l'instituteur trouve, dans cet enseignement, surtout s'il est mis en pratique, un élément de succès pour ses autres leçons, en même temps qu'un instrument de salut pour l'agriculture

A l'œuvre donc !

AUGUSTE HUMBERT
Membre du Conseil de la Société protectrice parisienne.

TABLE DES MATIÈRES

FIN DE LA TABLE

Paris. — Typ. Collombon et Brûlé, rue de l'Abbaye, 22.

RECUEIL DE DICTÉES D'ORTHOGRAPHE ET D'EXERCICES DE LECTURE, extraits des meilleurs auteurs classiques, offrant, en regard de chaque dictée, une analyse raisonnée de toutes les difficultés grammaticales présentées par le texte; précédé d'une introduction explicative des particules, préfixes et suffixes les plus généralement employés, et suivi d'un répertoire alphabétique des règles d'orthographe usuelle et de principes, relevées dans les dictées, à l'usage des établissements d'instruction primaire; par M. F. CHOQUET, inspecteur honoraire officier de l'instruction publique, directeur de l'École normale de Blois. Nouvelle édition, revue et corrigée par J.-Elie GAUGUET. 1 vol. in-12, broché. **2 fr.**

DICTÉES FRANÇAISES, accompagnées de Notes explicatives, ou Cours pratique et théorique d'orthographe, selon le Dictionnaire de l'Académie, à l'usage : 1o des instituteurs et des institutrices; 2o des aspirants et aspirantes au brevet de capacité pour l'enseignement primaire; 3o des jeunes gens qui concourent pour l'admission aux écoles du Gouvernement ou au surnumérariat des grandes administrations publiques; 4o des étrangers qui veulent se familiariser avec les principes de notre langue. Par Alexandre EYSSETTE, professeur de belles-lettres, à Paris. 10e édition, revue, corrigée et augmentée, suivie d'un dictionnaire biographique, géographique, historique, mythologique. 1 beau vol. in-12 de 240 pages. **2 fr.**

Pour donner une idée à nos lecteurs des dictées d'ALEXANDRE EYSSETTE, nous ne pouvons mieux faire que de citer un fragment de l'une d'elles, prise au hasard dans l'ouvrage.

L'ILE DU DIABLE

Si l'on en croit certains navigateurs, il existerait à nos antipodes une île mystérieuse, qui aurait l'apparence d'un jardin féerique, d'un riant et délicieux Éden, du plus beau des pied-à-terre que puissent choisir ici-bas les anges du ciel, tandis qu'en réalité, tout y serait déceptions, embûches, guet-apens, etc., etc., etc...

Paris. — Typ. Collombon et Brûlé, rue de l'Abbaye, 22.